贾平凹小说精读书系

古堡

贾平凹 著

陕西师范大学出版总社　西安

图书代号　WX24N0884

图书在版编目（CIP）数据

古堡 / 贾平凹著. —— 西安：陕西师范大学出版
总社有限公司，2024. 7. ——（贾平凹小说精读书系）.
ISBN 978-7-5695-4498-5

Ⅰ. I247.5

中国国家版本馆CIP数据核字第 20241L9H89 号

古　堡
GU BAO

贾平凹　著

出版统筹	刘东风	
责任编辑	宋媛媛	
责任校对	彭　燕	
封面设计	周伟伟	
出版发行	陕西师范大学出版总社	
	（西安市长安南路199号　邮编710062）	
网　　址	http://www.snupg.com	
印　　刷	陕西龙山海天艺术印务有限公司	
开　　本	787 mm×1092 mm　1/32	
印　　张	7.375	
插　　页	4	
字　　数	110千	
版　　次	2024年7月第1版	
印　　次	2024年7月第1次印刷	
书　　号	ISBN 978-7-5695-4498-5	
定　　价	49.00元	

读者购书、书店添货或发现印刷装订问题，请与本公司营销部联系、调换。
电话：（029）85307864　85303629　传真：（029）85303879

目录

古堡

第一章

一

商州东南多峰，××村便在天峰、地峰、人峰之间。三峰鼎立，夹一条白花花的庄河蛇行，庄河转弯抹角，万般作弄，硬使一峰归陕，一峰归豫，一峰归鄂。在归陕的河的这边，恰三峰正中处又有了第四峰，人称烛台。说是朝朝暮暮风起，三峰草木仰俯，烛台峰上则安静如室，掌烛光明，烛心活活似鸡心颤动。

村人姓杂，野，多住石板房，朗日光照，满屋四射，逢雨却不漏，听雨声如炒爆豆，时天地弥漫，群峰便被云雾虚去，有鹰、狼、兔、狐哭嚎，声声凄厉犹从空降，村人便崇尚神明，每月忌日颇多：初一男不远行；十五身不动土；十七、二十一妇道人家不捏针线。犯之据说目生白障，行夜路被小鬼迷糊。村人唯孩子最金贵，说是童尿喝之可疗治百病，便常于盛夏中午，将孩子们轰往河湾潭里玩水，难免不边玩边撒尿。玩够了，一个个就精光光摆放在石板上晒太阳，然后再抱起脚来验证种源祖籍。说也奇怪，伸出的脚，小脚趾甲多半为不囫囵，分一大一小两瓣。这个说："我是商州土著！"那个说："我也是商州土著！"小半为趾甲完全的，便顿生羞耻，指着峰上的古堡，强词夺理说道："我不是商州土著，那峰上为什么有我们姓氏的古堡？！"众口不一，争嚷不休。

古堡高筑在峰顶，皆二抬、四抬、八抬偌大石条，沿巉巉的崖角直垒而上。有的岌岌可危，临风则数人推之不动，又呈一种油腻，日里发黝黑漆光，已是百年物事了。石条缝里生出鸡骨头杂木，枯枝秃杆，鹰鹞便在那上面扑翻厮打，抢夺窝巢，落下胶粘过似的硬羽，被村人拾去，插在自家中堂上"天地神尊位"龛的两边。

那是过去的年月，山高皇帝远，乱世的土匪汇集在这鄂豫陕交界之地，骚扰村民，村中便有财主大户逃往峰顶，开石修堡，屯粮安身。如今孩子无知，却全然天真，借古昔的罪孽遗物以夸耀姓氏的英武，申辩祖籍，便不免争执不下，大打出手。各自家长就出面袒护，伤了和气，或指着天上红彤彤的太阳说天地良心，或吵吵闹闹去烛台峰九仙树下咬破中指发誓发咒。

九仙树是千年古木，内中早已空朽，一边用石头帮砌，一边以木桩斜撑。上分九枝，枝枝却质类不同。人以为奇，便列为该村风脉神树。奇峰生有奇木，必然招有道教，但从峰下往上看，道观并不见，齐棱棱看着是一周最完整的石墙。墙有双层，极宽，外置女墙，设有瞭望孔，有枪眼。爬"之"字形石径上峰，低头进了堡子门洞，方是一合庭院，云绕亭柱，苔上台阶，甚是清净。观里有一老道，囚首垢面，却眼若星辰，气态高古。此道人"文革"中曾经还俗，娶一独眼老婆，前四年弃妻再度入观，又开始在青灯下吟诵《丹经》《道德经》。老道手下还有三个小道，皆蠢相，除习经外，便种菜，砍柴，挑水，扫除观院。他们背地里骂老道还过俗，身不洁净，无奈老道栖止观内先后三十余年，披览道教典籍，精通经义，亦懂得《易经》玄妙卦术，熟知地史艺文，三个小道，也只好尊他为长。

这道长每每见村里有来九仙树下起誓发咒的，便研墨洗笔，抄录《史记·商君列传》中的一则，感叹这一群商君后人！或者便不忍看那其中的老妪少妇、黄花闺女，木木的表情念一段"軄虷桎炅惢構櫐，靖傅偬虥涳偲尳"。此是道观门前一副石刻楹联，村人多不识字，识字的则视若天书，望之愕然。见老道只是吟念，便生恐慌，分散下山，恩怨不提。而孩子们禁不住好奇，早归于和好，怯怯地凑过去听老道说古今。

这年夏天，孩子们却很少去河里玩水，也很少有机会去烛台峰道观，因为大人们都在传说，此地新来了麝，一只大得出奇的白麝。山里曾经是有过这野物，但好多年已不再见，且从未有过白的。白麝的出现，人心惊慌，不时传闻这麝成精，能后腿直立，幻变成妇人，于荒草野径中摇手招人。或是某某媳妇夜多惊醒，言梦中有人破门而入强与交合，问其姓名，自称姓"麝"。风声很紧，孩子们就大感不解，常静观山峰古堡和草木间，觅寻那怪物出现，稍有动静，锐声叫"麝！"大人围上山去，一无收获，便不许随便出门。一时称麝为凶兆。孩子们偏不能安分，又不可亲自探险，询问自己父亲，回答却是极不耐烦。

"爹，真有一只白麝吗？"

"你当心着！"

"你是看见过吗？"

"看见了你就没爹了！"

"那，真是凶兆了？"

"背你的矿！"

孩子们就背矿了。做父亲的马虾一样弓腰在洞里边，挖出一块石头了，从膀下丢过来，孩子就捡在一个口袋里。捡得半袋，连拉带扯地出来，一出洞，人和袋一起倒在地上。一脸的汗泥，眼睛却盯着高高的山峰：那里会不会忽地出现白麝呢？

孩子们是恨死这矿洞的。矿洞消耗了他们的欢乐，不能随便上山去听老道的古今，也不能去察访白麝的下落。心里说：矿洞再塌一次最好。

先是一九五八年"大跃进"，到处要大炼钢铁，村里任何破锅烂锁都上交了，眼睛就盯着烛台峰九仙树上悬挂的古钟。古钟被砸，鄂豫陕三省边界再不闻音律，道士呆若木鸡，朝暮立古堡上望万山之间鹰鹞来去，听满山草木似潮水悲嘶，扫叶焚香，向天呼号。后又有公家人来探矿，说此处有锑，掘坑挖洞，掏取一种乌黑的石头。石头掏出来了，突然宣布储藏量不大，国家不予投资，收兵回营。挖开的洞穴就被荒草埋了，里边住了狼，住了狐，秋天里便有一堆一堆的兽粪。一年，有小儿失踪，又在洞里寻得一堆噬过的血骨和一只小儿的项圈，从此再也无人敢进。这二年，土地由私人分包，农民可以种粮，亦可务商从工，张家的老大就又在废洞里掏取锑矿。掏取有一麻袋两麻袋了，搭便车交售给县矿产公司，竟落得一大把钞票。张家老大一带头，跟随的便有许多家，这矿洞就越发掘得如鸡窝一般，动不动就垮了。结果各人皆重新凿洞采挖，能掏多少就掏多少，做父亲的就让孩子当小工。

爹又在洞里唤儿，声闷闷的。

孩子便再一次爬进去，洞里潮湿湿的，壁上石块犬牙交错，那头就被碰了，起一个很大的包。爹催："快些！快些！"孩子却在问："爹，那白麂是成了精吗？"

啪！爹照例是一个巴掌打过来。孩子眼前有一团金光，知道脸上留下一个汗泥的五指印。爹还要骂："成精了吃了你！"

孩子没有言传，背矿出来，小声骂一句："吃了爹！"

二

山上确实有一只怀了孕的白麂，是从湖北山麓逃过来的。它的丈夫在一次猎人焚山围猎时烧死了。于是，这白麂跋山涉水赶到了此地。

白麝很快就分娩了。它在天峰古堡里打滚，嚎叫，拿头撞那石条，后来下身就涌出血来，染红了石头，也染红了石头缝中的茅拉子草。小麝终于生出来了，居然还是一对双胞胎：一雄一雌。

这对小麝长得风快，有着它们父母的野性，体格发达，从不生病。它们喜欢天上的太阳，喜欢黑夜的星星，喜欢野草、清风、露水。在白麝带领下，它们跳石坎，上树丫，捕食那影子一般疾驰的灰毛兔子。

一天，它们到山下觅食，突然，草丛里一道黄浪闪动，冲出了一只肥大的狗，迅雷不及掩耳地将雄麝扑倒。雄麝在地上发蔫不起，白麝和雌麝惊呆了，狗也惊呆了。四兽互相凝眸了半晌，同时扑去撕咬，雄麝滚落到两丈外的坪子上。白麝吼叫了一声，凌空过去压在了狗的身上，两者登时交作一团，黄白闪动，皆不出声，喘着粗气，各自听见了各自咬拔绒毛的嘶嘶声。猛地，白麝咬住了狗的脊梁，狗一声惨叫，被甩出去丈把远，翻起来没命地跑下山去了。

三

这狗叫阿黄，是张家老二的养物。××村家家有狗，都剪了尾巴，便于在山林草丛疾奔，唯老二的狗留着尾，神采英武。它凶狠如狼，却也殷勤驯服，听得懂老二的话，能看着老二的眼色行事。它跟着老二，探过野兔，也扑过鹁鸽，没有一次不成功。这天意外地发现了麝，只说满可以叼着一只猎物突然出现在主人面前买好时，它却失败了。它脊梁上流着血跑下天峰，一直到烛台峰这边一片长满野苜蓿的地上，汪汪汪地把睡在那里的老二弄醒了。

老二正睡得香甜，忽然被狗掀翻了遮在他脸上的草帽，就骂道："狗东西，你吵什么呀？"再一睁眼，看见阿黄背上在淌血，一个鱼打挺就坐了起来。

阿黄狂吠不已，头朝着天峰山上。

老二疑惑地站起来，阿黄却就往前边跑去。跑出一段，回头来望，老二知道狗发现什么目标了，便随狗一直往天峰山上走去。黄麦菅草丛里，老二看见了被压倒的痕迹，低下身去，草丛里挂有麝毛。他立即眼放光彩，抱住了阿黄叫道："麝！麝出现了！阿黄，麝在哪儿？在哪儿？"阿黄却茫然汪汪。老二就方圆左右察看起来，眼睛如鹰一样尖锐。但是，一无所获！他掉头便往峰下跑，跑得气喘吁吁，直经过自己睡觉的野苜蓿地，到了那边一个锑矿洞口，大声喊："哥，哥，阿黄咬住麝了！"

矿洞里一阵嗡嗡声，一个人爬了出来，浑身泥土，眉目不清，强烈的日光刺激着，眼眯得如一细缝，却在问道："老二，你说什么？"

老二说："你瞧，这是麝的毛，阿黄发现的，它们咬过一场。这麝果然在咱这一带哩！"

张老大却并没过分的激动，嘴里噢噢的，朝草地那边的一泓泉走去。泉并不大，围绕着一圈猪耳朵草，太阳照得水面发温，草根下不时噗噗地散发出泡儿来。一只青蛙在里边养育了无数的蝌蚪，他拨拨水面，嘴凑进去一阵没死没活地狂饮。

老二在嘴里嚼着箟箟芽草，嚼得稀烂了，敷在阿黄脊背的伤口上，眼睛就直溜溜看着哥哥。

爹娘死得早，哥十二岁接的力，就是他和妹妹的父亲、母亲。兄妹三人，相依为命，家破是没破，日子却紧紧巴巴。冬天，单衣装上套子是棉；夏天，棉衣抽了套子是单。等到他们各自长大，有了力气，逢着土地承包，一身的苦力，舍得出。土地没有亏他们，家里的三个八斗瓮满得盖不了石板盖，特制了五格子板柜来装粮食。人穷了心思多，有粮了口气壮，哥哥便对他们说："山里就是这么多地，咱把力出尽了，地把力也出尽了，粮食再高出一百二百，那是很难指望的。而钱却只有出的，没个入的，咱要寻门路抠钱哩！"哥哥就到那废洞里挖矿。废洞里有磷火，天一黑蓝莹莹地闪，村人没有一个不在唬他。等到矿挖出来，背篓背到公路上，又从河里摸鳖、石头底下捉螃蟹，送给过往汽车的司机，然后搭人家的车去县上矿产公司卖，一个月里卖得一百元。于是就有人联名给八十里外的县政府告状，说这是私开国家矿产。县政府英明，派人了解后，同意私人开采，结果村里人都去挖，那矿洞不长时间就被挖得坍的坍，塌的塌，一疙瘩矿也刨不出来了。刨不出来，就谁也不去刨。偏他们的矿洞尚好，又眼瞧着他们家拆了人经几辈的石板房，盖起了青堂瓦舍，村里人就又肚子鼓鼓地不平。后来便有风声，说是来了白麝，有凶兆，村子里将要有灾有难了。

唉，哥不语，老二心里就莫名其妙，甚至有点气愤！哥哥真的是窝窝囊囊，只知闷头挖矿，还是他不明白村里这麝的风声的缘由？就说："哥，你怎的不说话？既然有了麝，咱就想法子把它打死。现在人人都在说这麝，那用意全是冲着咱家的啊！"

老大说："这事我比你清楚！说到底，还是咱这地方穷嘛，穷极了就见不得谁碗里米汤稠；别人的稠了，不是想法子和人家一样稠，倒要一个心眼让别人和自己一样稀。瞎就瞎在这里。"

老二说："哥这话说得对！反正咱家瓦房盖起来了，不挖矿也就不挖了，到时候，云云娶了娶回来，家子洋洋火火过活，也不会比别人差多少。要再挖矿，那咱这人缘就越发倒了！"

老大没有言语，他的头似乎很沉。眼睛看着水池，墨点样的蝌蚪又浮在水面，一只青蛙呱呱叫起来，七只八只青蛙全叫起来，无聊而单调。老二不耐烦，一只石子丢过去，蛙声顿噤。但立即又是一片，再要捡一块大的石块去砸。老大站起来挥挥手，说："好了，好了，不挖了，回家去！"自个儿就走了。

老二就背了阿黄跟哥哥走，阿黄拿舌头舔他的脖子，他还在说着山上白麝的事，牙齿咬得咯嘣响，一嘴白沫："哥，后晌我就拿炸药把矿洞炸塌去，明日一早，咱找光大，借他的那杆猎枪，我不信打不死那麝的！"

老大却狠狠地说："胡成精！后晌你去祖坟里，将那十几棵松树伐了，扛到这里来！"老二说："扛到这里来？干啥用场？"老大说："所有的洞都垮了，只有咱这个洞子还好，把这洞子扩大，支上支架，全村人都可来挖了。"老二惊得噎了半天，说道："你是疯了？那些人恨你恨得牙床出血，你倒要加固这洞让别人来挖？"老大说："别人都穷着，你当着个财主，心里就安生吗？别人也能安生让你做财主吗？天峰顶的那个堡子是李家地主的，家里有万贯，可后来呢？"老二叫道："我不当财主嘛，我是说把矿洞炸了去，要穷都穷，看谁还说咱个'不'字？"老大说："这何苦？拿着个金盆银碗去讨饭？"老二说不过哥哥。弟弟是一匹野马，哥哥就是嘴上的嚼子，弟弟是老虎，哥哥就又是武松，这个家老大是掌柜的。老二一下子把阿黄从背上摔下去，说："哼，你思想好，怎不见孙家把云云嫂子白嫁给你？"

一句末了老二就吐了一下舌头，缄口不语。老大说："说呀，怎么不说了？"老二嘟囔道："她来了！"拿嘴努努河畔。河畔里漫上来一群羊，羊群里站着云云。云云穿了件浅花的确良衬衫，奶子耸着，笑吟吟朝这边瞭望。两腿夹着一只弯角羊，羊愈是要挣脱，那腿愈是夹得紧。老二赶忙扭过了身，又往山上走。云云在下边喊："老二，老二，我给你采的津钢钢！"老二不吱声，装着耳聋，倒在远远的坡坎上，和阿黄纠缠在一起打滚。

老大迟疑了一会儿，还是走了下去，一直走到羊群边，羊便把他们围在了中间。老大说："什么津钢钢，让我吃吃！"云云说："就你馋，腥猫儿似的。把嘴拿到石头上磨磨去！"手里却亮出一个两头尖的绿果子，塞在老大嘴里。云云说："老二鬼头，他倒不来！"老大说："他二十出头的人了，啥事不知道！吃饭的时辰了，你还赶羊到山上去？"云云说："我来找你的！"老大说："我不是给你说过吗，大白天的，咱谁也不要找谁，村里人眼睛是钩子呢！"云云却噘了嘴，说道："是我爹让来找你的！"老大就慌了："你爹，你爹知道？你给说了？"云云说："爹问这的确良衫子哪儿来的。"老大就埋怨道："你也是烧包，衫子才买回来你就穿上了！"云云说："买了就是穿的嘛，留下生儿子不成？"说毕，脸却红了。老大回头又看了一下远处的老二，老二在草里不见了，便说："知道了也好，老人同意不？"

云云说："我爹没意见。问谁的媒人，我说没媒

017

人。爹打了我一个耳光。"

老大的脸面就失了血色，叫道："他是生气了，你奶呢，你没给你奶说？！"

云云说："是生气了，顺门走出去，饭没有吃，一整天不见回来。我奶急得在炕上哭，又跪在那里烧香磕头。天黑爹回来了，就又骂我，又怨说奶，说是把我宠惯坏的，末了却说：'我把媒人找下了，让吉琳娘做媒人吧！'他是去找媒人的，吃了人家一哨子烟，给人家放了十元钱，说是封口钱，让她做媒，却不能胡说。你今黑也该提四色礼去求求吉琳娘吧，让她在村里放风，我爹我奶脸上就光大哩！"

老大脸上活泛开来，眼睛直溜溜地瞧着云云放光，一双手试试探探地过去了，像是蛇，咬住云云的手。云云说："不，不！"忙往远处坡坎上看，手却软软地让老大捏住。后来两人就突然不见了。羊群炸开，一片咩咩声。

坡坎上的老二，和阿黄滚得满头草屑，后来躺在那里不动，一只眼瞅着狗，一只眼盯着那群羊。他忽地把狗搂住，搂得阿黄受不了，嗷嗷地叫。

　　山腰上，牛磨子的小儿子赶着一群羊也下来，鼻涕邋遢的，叫老二："老二哥，你瞧这是啥？"手里亮着三颗崖鸡蛋。老二说："哪儿掏的？咱生火烧着吃了吧，我能用石片子当锅的！"小子说："我不，夜里再吃，夜里家里来人呀！"老二问："鬼到你家去！"小子却说："牛家的都去的，我爹给续宗谱啊，爹说我这一辈是'抗'字号，我有大名呀，要叫'抗张'！"老二骂道："'抗张'，和我们张家抗呀？抗你娘的脚去！"小子说："你骂人呀？"老二说："我还想打哩！"龇牙咧嘴的凶相，吓得小子忙赶了羊往下走，老二却拦住不让下，小子就质问为什么不让他走，老二话说不出口，竟一拳将他打趴地上。那羊群却不听老二的，望见下边的羊群，两队的羊就冲了过去，相互仇恨，良久，同时后退数丈，猛地低头撞去，砰的巨响，如双木破裂，弯角折断在地。

　　那一丛红眼猫灌木丛中，树叶无风而抖着，那旁边孤孤地插着一根羊鞭。老二想：那该是哥哥、嫂嫂的卫兵吧？

第二章

一

三间石板屋里，光线越来越暗，云云在灶火口烧蒿柴火，火老笑，呵呵呵的，云云就痴了。用手摸摸腮帮子，还有些痒，便骂了一声："狠东西！"奶在炕上听见了，问："云云嘴是刀子，骂谁呢？"云云忙说："没骂谁，奶又听岔了！"那火也就灭了，墙壁上没了红红的光，黄烟罩了屋子，奶呛得又咳嗽。云云说："奶，外边没风，我背你到门口坐坐吧。"说着就背出来，让奶在躺椅上侧卧着，给她捶腰捶背。

奶是七十四岁的人。"七十三，八十四，阎王叫去商量事。"过去的一年，家里人心都攥在手里。但她却刚刚强强过来了，而且饭量极好，笑说云云娘命短，六十没过就死了，也说云云爹吃饭不如她。云云曾说："人老了就凭一碗饭哩，奶能活到一百岁！"她爱听这奉承话，也格外自强，在家里指教云云纺线织布、剪纸扎花，没事了，就按住云云听她说话。云云最怕她说话，一会儿是天上，一会儿是地下，正说着活人的事，突然又是死人的事，她分不清阳间和阴间了，也搅混了现实和梦境，听得云云莫名其妙，又毛骨悚然。当下在躺椅上静卧，就说："饭好了？"云云说："面在案上切了，水也开了，等我爹和哥回来就下锅。"奶便说："今日把饭多做些，你娘要回来的。昨儿夜里，她回来了，就坐在灶火口，和我说起你的婚事。唉，人都说给儿娶媳妇难，嫁女更难啊！谁知道那男家是福窖还是火坑？日头落了，你爹是该回来了，你去熬茶吧。"云云听得心里紧，进屋去点燃了油灯，却并不去熬茶，倒拿了篦梳替奶刮头上的虱子。奶说："唉，活得走不到人前去了，头也是洗着，却就是生虱！你去捏些药粉在头上，虱就毒死了。"云云说："人老了，是不是头皮发甜？用药粉还不蜇得奶头疼！"奶就笑了，夺了篦梳说："要刮我来刮，你快去熬茶吧，你爹回来又该骂你！"

场院的千枝柏丛后传来一句："我是老虎了？！"云云一吐舌头说："爹真个回来了！"忙起身拿茶锅，爹就走进门前。爹是剃头匠，赶七里镇的集会去的，一条长长的扁担，一头为脸盆架，上装破了沿的铜脸盆，一头是泥垒的火炉，烧有木炭，那逼刀用的顺子就吊在扁担头上。一放下扁担，挨老母坐下，从怀里掏出一个蓖麻叶卷，绽出一个油糕递上，说道："我在镇上买的，软软的，娘快吃下。我一走，你婆孙俩就外派我了！为媒人的事我打骂过一次，你让云云说，我哪一点过余了？"

云云将茶锅在灶火口熬着，回话说："爹要是好，应该到老大的矿洞里去挖矿哩！"

剃头匠说："这又是老大给你请的主意？"

云云说："老大在加固他挖的那个洞子，让大家都不要胡挖，一是破坏矿产，二是又不安全。他已经伐了坟里的树做支架，爹何不也入一股帮帮他呢？"

剃头匠不言语了，在磨刀石上磨他的刮脸刀，磨了一会儿，用指头去试，随手拔一根头发在刃上一吹，头发就断了。云云将茶锅端出来，在碗里倒一种黄糊糊的汁水，双手递给爹，说："爹又舍不得钱了！"剃头匠并不看女儿，一口饮了茶，对着老母说："我哪儿有钱？女儿养活大了，分文还没拿到手，倒要拿钱去帮人家？"云云说："这是让爹去挣大钱哩，又不是让爹把钱往河里撂！"

爹说："人生在世，谁不爱惦个钱？可钱不该有的，不必强求。张老大聪灵是聪灵，他爹娘过世早，我是看着他长大的，也正是没爹没娘，他们兄弟少管教，心放得太野了！你也能看见，他挖矿挣了钱，人缘又怎样啦？"

云云说："没钱了你就叫穷，遇着个金疙瘩，你却要当瓦碴！"

爹发了狠声："你说啥？你再说一遍！"云云还要说，躺椅上的奶，嘴里嚅嚅地嚼着油糕，就拿眼睛瞪她。

云云便将爹的汗衫子压在水盆里搓起来，搓得哗哗响，水泼洒一地，爹就说："不愿意洗就不要洗，衣服招得住你那么搓！"奶终于咽完了口中的油糕，说："云云，不等你哥和老三了，下面去吧，你娘早来了，等着吃饭的，你寻着让你娘也骂你吗？"云云说一句："奶又阴差阳错了！"就进屋去烧火，不小心撞跌了一只碗。爹说了一声："哼！"云云回话道："是猫撞翻的！"一脚把猫从屋里踢了出来，猫委屈得跳过篱笆不见了。

云云盛了一碗干面供在娘的灵牌前，再一碗端给爹，说："吃饭！"爹嫌她言语冲，没接碗，云云就将饭碗放在爹面前的磨刀石上。这时哥哥光大回来了。光大方头大腮的，持着一杆猎枪，枪头上吊着四只野兔。一坐下，脚上那双黄胶鞋就蹬脱了，问爹："给我买回来枪药了？"爹说："没买成！"光大说："咋没买成？"爹说："枪药涨价了。我剃一晌午头，还不够给你买一筒药。他娘的，公家那东西都涨价，剃一个头还是两毛钱！你也别一天疯张了，养什么貂。甭说将来能赚多少，见天得几只兔子？打一只兔子你得放多少枪？一枪得多少药？"光大一脸不高兴，说："你不买就不要说给我捎买的话。貂养成养不成，你不要管。就是不养貂，这枪我还是要放的！"爹说："你要阔，你有钱嘛！"光大说："没钱我也没花过你的剃头钱！"爹咣地把饭碗往地上一蹾，说道："好呀，不花我的钱，只要你用你的钱能把媳妇娶回来，我趴下给你磕头！"

奶生了气，说道："火气都那么大，一个要吃一个吗？你瞧那颗星星，那星星是你爷呢。你爷在天上列了仙班，他为啥不回来，他就是拿眼睛看咱这个家哩！要么咱日子不如那张家老大，咱整天都是吵，吵架能饱了肚子，你们到天峰顶上吵去！"

云云赶忙把面递给奶，让占了口。又从浆水菜瓮里捞出一笊篱菜来烩在面锅里，连面带菜给哥盛一碗，另一碗放在锅项处给弟弟留着。一家人就大声地吸溜起面条来，光大咬嚼酸菜帮时还发出吱吱脆响声。

饭毕，月亮也出来了，老三还没回来。奶问："光小到哪儿去了？"云云说："中午我在洼里放羊，看见他往湖北那边去了。"爹说："又去耍钱了！咱坟里风水败了，后辈里尽出些歪货，说不定哪一天他会坏事在这上边！"奶就说："他不回来了，也不等了，都不要说话，我有事给你们说，一家人坐着商量商量。"光大却不坐，用刀子剥剖野兔。兔头剥了，用绳子系着脖子吊在门闩上往下拉皮，拉了皮的兔子光精精的，让人害怕。奶不让剥，他说："说你的，我听着哩！"

奶说："这事光大还不知道的。今日一早，吉琳的娘过来对我和你爹说，她是来给云云找个家的，男大当婚，女大当嫁，云云也是到时候了。我到咱家来是十六岁，你娘过门是十八岁，早结婚早生子，娃娃接力就接得早……"

光大把刀子从口里取下来，双手血淋淋的，问道："找的家在哪儿？"

爹说："是张家老大。"

光大说："爹和奶同意了？"

奶说："我这一层子人，全都过世了，是我给每一个人擦的身子、穿的寿衣送走的。村里这些娃娃，哪一个又不是我铰的脐带接来的？老二生时，他妈羊水破了半天，却生不下来，还是我用手扯下来的。老二是个双旋，旋与旋之间宽二指，'二指宽，抱金砖'，打早我就说这娃将来是成事的。昨日夜里，他爹他娘就来了，满口满应地答允这门亲事，咱还有不同意的？光大，我给你和光小说的意思，就是让你们知道知道。媒人说，选个黄道吉日，张家老大摆了酒席，请三姑八舅的吃吃，一场婚事就要正经订下来的。"

光大却不言语了，又拉过一只死野兔剥皮。月光下门闩上吊了一排，叫人不忍卒看。委屈而逃的猫却没脸面，闻见肉香又跑回来一声一声地叫。

奶说："光大，你咋不说话，舌头没了？"光大喉咙里黏糊，喃喃不清地说："张家那边给掏了多少钱？"云云一直坐在奶身旁，静静地听，偷看各人脸色。出现了沉默，她浑身就觉得有虱子咬。听罢哥哥的话，气再憋不住，说道："你看你妹子能卖多少钱？"言语极不好听。

奶就训道："云云，你插什么言？咱又没向人家张口，人家给三百四百，还是分文不掏，那是他张家的事。"光大就说："奶在这儿，爹在这儿，我说一句话，云云嫁不嫁我不管，咱做事不能让外人扯笑。"爹一听倒火了，说："扯笑什么？"光大说："云云比我小五岁，别人会怎么看我哩？"云云站了起来说："噢，你是想你的事哩！车走车路，马走马路，谁碍了谁了？"光大说："咱这地方，我还没听说过谁这么便宜娶媳妇的，你要大方，谁给咱家要大方？"云云说："你找不下人，想让我给你挣钱呀？你越是这样想，那钱我越是一分也不要！"光大脸就全撕了，跳起来说："他不掏钱，这事就不得成！爹娘生了咱兄妹三个，不是只生了你一个！"云云说："生了我，我分家产了吗？这些年，有眼窝的看得见我为这个家出的力！到我该走了，还要这么勒掯？！"说着就哭起来。

奶气得浑身发抖，骂道："云云，你哭丧吗？"一口痰涌上，咳不出，人在躺椅上缩成一团，云云见状跑过去喊："奶！奶！"奶只是翻白眼。云云就冲过去抓光大的脸皮，光大还了云云一巴掌。奶一伸腿，眼瞪直了。爹疯了一般吼道："打哟！打哟！你奶气死了！"兄妹就又跑过来，光大连声叫奶，便对着奶的口猛吸起来，将一口痰吸出来了。奶又缓缓地透过气来，光大却披了衫子走出门去，脸上像布了一团黑云。

云云给奶摩挲心口，灌开水，后倒在奶怀里，叫一声奶，哭一声娘。剃头匠却再没声响，木呆呆地坐着不动。夜已深沉，村子里死了一样地静，谁家的父母在喊睡了一觉的孩子起床来撒尿，十声八声喊不应，就骂起来，用巴掌啪啪啪抽打那叫不醒的儿子屁股。奶有气无力地又把活着的人和死了的人混着说，一会儿叫着云云的娘，一会儿叫着云云的爹，云云看着油已将尽的灯芯跳动，心里阴森森地惊恐。后来，灯就灭了，爹还坐着不动，烟锅头一明一灭，像是一个什么野物在眨眼。

二

天明，云云红肿着眼睛下炕，才要坐到台阶上去梳头，爹却早坐在那里，接着是夜半回来的光大和光小也坐过来，再是奶。一家人皆黏眉糊眼，似醒非醒，分坐在台阶的青光石头上，你看看我，我看看你，后来谁也不看，都望着四峰上的古堡，表情木木。这是典型的村人起床图。半个时辰过去了，一只狗在河湾处大声叫，接着是一群狗的追逐，山洼里才渐渐清醒过来。光大先站起来，背上猎枪走了。接着是光小。接着是剃头匠。谁也不知谁要到哪里去，谁也不打问谁。长长的台阶上木鸡般地留坐着奶和云云，院子里显得空大。

剃头匠在河里洗脸，手掬着水啪啪地拍着额颅。在这个家庭里，每一次矛盾纠纷都是他所引起，而每一次结局，均是他长久地沉默不语。夜里，他恨死了光大的不近情理，但他同时又可怜光大。这个年纪而没有成家的儿子，打骂云云，实际是在打骂他这做爹的啊！剃头匠深深感到了自己为父的可耻。他一夜未能睡好，在思谋着一个出路，老母问他，他没有告诉，该他承担的事情，他绝不拖累上了年纪的老人。

洗罢脸，他去了吉琳家，毫不避讳，对吉琳娘说了夜里的家事，甚至还有些夸大其词。

吉琳娘一边往手心唾唾沫，一边抹到乱发上，用梳子梳，问道："你这是什么意思啊，剃头匠！"剃头匠却沉默了。吉琳娘说："你剃头也这么不干脆吗？"剃头匠唬道："我那刀子能割了人头哩！"吉琳娘就叫道："我知道了，是不是要钱？明说了吧，要多少钱？要什么嫁妆？刘六顺的女儿长个冲天猩猩鼻，出嫁时讲的是男方给他一个寿棺的。"剃头匠说："我这么想，云云是有这个哥，老大也是有一个妹子的，四个人都是光眉顺眼的，如果愿意，这会省多少钱的。"吉琳娘一梳子梳下个虱来，在手指上看看，扬风丢去，惊道："换亲？"剃头匠说："这又不犯国法，山里多的是。"吉琳娘不言语了，闷了半日，就扳了左手指头运算李淳风六壬时课，大安、留连、速喜、赤口、小吉、空亡，翻来倒去若干遍一抬头说："好事倒是好事，只是老大的妹子嫩，看得上你家光大吗？"

剃头匠最担心的也正在此，脸上顿不是颜色，接着就苦苦地笑，说："你是媒人嘛！"右胳膊就伸过来，使劲褪长了袖子，吉琳娘的手过来，两只手在袖筒里捏码儿，两双眼睛死死地盯视对方，一丝不苟。如此经济谈判之后，吉琳娘干瘪的脸皱纹绽开，剃头匠便起身走了，身后，吉琳娘却大声嚷道："他伯呀，怎么不坐了，我给咱熬一壶'满山跑'喝呀！"

当吉琳娘跌跌撞撞跑到矿洞，叫出了浑身泥水的老大，老大一出洞来就软坐在土坎上，大口大口地呼吸。吉琳娘就笑他过的什么日子，人不人鬼不鬼的。老大给她笑笑，说这算什么呀，听有人讲铜官那儿的煤矿，一个班一个对时，麻绳拴筐子吊下去，黑咕隆咚的，一下就是四十米、五十米，人在洞里四脚兽似的爬着走。出了洞，除了眼球仁能活动，谁认得是人是鬼？家人站在洞口，见面先呜呜哭不清，好像轮回从阴间转世而来。吉琳娘就说："真是只见贼娃子吃，不知道贼娃子挨打哩！老大，我寻你是有事哩！"媒人来寻，老大就知道她的用意，从怀里掏出一元钱，说："你老拿去喝酒吧，我正在忙着支洞架，身上也没多带钱，你不要嫌少啊！"吉琳娘将钱收了，却说出："剃头匠改了口，他不应允亲事了。要娶他的云云，他的光大就得娶小梅！"老大登时骇绝，张口无言，凶相吓人。吉琳娘忙改口骂起剃头匠，说他心瞎了，眼也瞎了，光大是什么货色，倒敢娶小梅，蛮牛啃白菜心呀！老大又慢慢靠着土坎坐下去，坎上的浮土唰唰流了一脖子，嘴脸乌青，待到吉琳娘骂得话不入耳了，说："婶婶，你不要骂了，让我好好想想。你先回去吧，我会给你去回话的。"

老大重新回到矿洞，矿洞斜着往下走一段，就直直地平道而进，里边有一根蜡，芯光如豆，昏光弥漫里扑棱棱飞着几只蝙蝠。他站定了半日，才看清了脚下横七竖八的木头。扛一根往前走，却总是磕碰洞壁，竟一个趔趄，木头摔出去将蜡烛打灭了。响声传到洞底，又反弹出来，嗡嗡嗡闷响。老大倒在地上，他并没有立即爬起来，忍受着肉体上的疼痛，心里乱得如一团麻。他不知道媒人的话怎么对妹妹提说，妹妹年纪尚小，性情温顺，如何会看中光大？妹妹是不会同意的。就是妹妹同意，他这个当大哥的也不乐意啊！可是，剃头匠是个心里有劲的人，他说出话来就要按他的话办，妹妹不嫁给光大，那云云能嫁给他吗？事情不早出，不迟出，偏偏在他正动员村人来这里挖矿时发生了，他第一次骂了剃头匠"老东西"！

张老大跟跟跄跄回来，一进家门，就从柜里取出酒喝。小梅才洗罢衣服，一个人抱着猫逗弄。十八岁的女子，出脱得十分俊美。夜里常常做梦，梦都是五颜六色的，醒来要把梦说给人听，两个哥哥却鼾声如雷，她就暗自伤心，感到了无爹无娘的悲苦。当下抱猫在怀，猫是温柔而又不安分的，双爪在怀里抓，偶尔抓到胸部了，就感到一种说不出的痛痒。后来，她便将一个指头从衣服里戳起来，一伸一缩，猫就不断地抓那神秘的东西。大哥一进屋，她粉脸羞红，说声："大哥回来了！"老大并不言语，取酒只是喝。她知道哥是喜欢喝酒的，每天挖矿回来，疲倦不堪了喝几盅解乏，就起身说道："我炒几个鸡蛋去！"

炒鸡蛋端上来，小梅却惊慌了，老大已经把半瓶白酒喝了下去，还举着瓶子往嘴里灌。她问道："大哥，你怎么啦？"老大不说话。小梅把瓶子夺了，在浆水瓮里舀一碗浆水逼大哥喝，小心翼翼地问："是和我云云姐斗嘴了？"老大眼直直的，摇头。小梅又说："那是生村人气了？这些人不落好，就罢了。世上的人多啦，你顾得过来吗？"老大还是摇头。小梅就立在那里无所适从，眼泪扑簌簌下来了："大哥，到底是怎么回事吗？在咱家里，你还不说吗？"

老大看着妹妹，牙把下嘴唇咬住了，咬得狠狠，说道："小梅，你不要问，你忙去吧！我要睡睡，你让我好好睡睡。"起身进了自己的屋，将门掩了。

小梅什么事也捉不到手里，越发心慌意乱，就走出门，要问问村里人，到底发生了什么事。村里一些小伙，一见小梅，就没盐没醋地和她搭讪，她烦死了这些人，白着眼过去，不搭理。走到河边，瞧见吉琳娘和老二在那里说话，她才要叫一声，吉琳娘却扭身走了，二哥痴呆呆还站在那里，叫他几声也不吭。小梅就过去吼道："二哥，你丢魂了！"老二一惊，急问："小梅，你怎么在这儿？见到哥了吗？"小梅说："哥在家里喝闷酒，喝得半醉不醒的。"老二就骂了一句："云云姐怎么托生在那个家里！"小梅说："二哥，你说什么？孙家是不是要退婚？"老二知道说失口，忙分辩说："没啥，没啥。"小梅就看出蹊跷了，说："一定出了什么事，大哥不说给我，你也不说给我？好，你不说，你和光小去赌钱的事，我就给大哥说去！"老二才说："小梅，这事说是说的，最后还没定数，你觉得可以就罢，觉得不行，咱和哥再商量。"小梅变脸失色问："什么事？"老二便把刚才吉琳娘说的话一一复述，小梅当下瘫在地上。老二手足无措，刚要拉她时，小梅却跳起来，捂了脸呜呜地哭着跑回去了。

三

小梅一哭，老二越发气恼，拔腿要往孙家去说理，到烛台峰下，偏巧碰着光小。光小一见老二，连忙叫道："老二，去不去？"说着，手心亮出两颗骰子。老二却揪了光小的领口，一拳打趴在地。光小说："老二，我哪一点不义气了？欠了你的钱，还是背着你做了手脚？"老二骂道："你们孙家就不是好人！"光小说："你骂孙家，等于骂张家！我们不是人，云云却是你嫂子哩！"老二说："她是屁，她是我嫂子？"光小说："好呀，有本事当你哥的面骂！"老二说："你家云云是坑了我哥哩！"光小就爬起来喝问："老二，你骂我可以，要骂我姐我可不依！云云怎么坑了你哥？你红口白牙地说个明白！"老二就问起换亲的事，光小说他也听爹提过，就说："这是好事呀，咱两家不是亲上更加亲了吗？"老二说："放屁！你家光大多大，小梅多大？"光小噎了口，无言可对。

老二丢下光小便走，光小问："老二，你还到哪儿去？"老二说："寻你爹去，天底下嫁女倒成了做买卖，卖出一个好的，还要搭一个赖的！"光小说："你寻我爹，我爹有什么办法？我哥找不下媳妇，你让他打一辈子光棍去？年纪差几岁，那有啥，谁要给你找个十五六的，你嫌小吗？给你找个二十八九的，你嫌大吗？"

老二立在那里不动了，气喘得呼呼的。

光小又说："你去打我爹吧！将心比心，你爹在世，你妹子嫁的是别人了，你哥找不下，你爹也会换亲的！怪谁呢，怪托生在这个穷地方了，怪咱命瞎！"

老二回过头来，看着光小，突然挥着拳头说："小梅一听这事，她就哭了。我们没爹没娘的，妹子这么哭，怎么办呀？"

光小就势说道："我看这事多给小梅说说，能成全的就成全。咱两个为小，找不下媳妇就找不下罢了，可咱两家总不能都要绝门绝户啊！年纪相差大，只要合大相就成的，我哥属虎，小梅属啥？"老二说："属鸡。"光小说："咱问问道长去，让他推推，看大相合不合。"

　　俩人就往烛台峰去，沿着梯田边的小路七拐八绕到了峰底，那里住着牛磨子。牛磨子家原本三间石板房，后在前左厢房新补搭了一个厨房，右厢房后又续了一间做了卧屋，整个建筑形成一个拐把状。门前屋后种满栲树，青冈木树，阴森森的，而篱笆往后去的一条小路，直通到一片坟地，那里埋着牛家人经八辈的先人。牛磨子早先是队长，门前的弯脖子栲树上挂着一截铁管，一天三响由他在这里敲响开工。如今土地承包，队划为村，村长不是他，那铁管就再未被敲响过。那一年两季由他任高任低过量粮食的大秤，也分给了张家。牛磨子再不能反抄着手随意到别家去吃请了，而地里的庄稼每每比别人成色差一半，因此便郁郁不乐，患了肝病，脸无血色，像黄表纸糊过。老二和光小才转过栲树林，牛家的走狗就忽地蹿出来狂咬，老二说："这贼狗，主人都倒了，还这么凶！"一石头砸得狗腿瘸跛着回去了。

　　这一日，牛磨子正请了族里人在家续宗谱。香案摆过，给先人三叩六拜，祭祀了水酒，然后拿出深藏在瓷罐里的一块黄土布来，将各家未上谱的男夫女妇，长子次子一一续上，再由牛磨子执笔，为下辈人制定字号。牛磨子正在说："亲不亲，族里人，咱牛家在村里人虽不多，可几代里都出过英武人！瞧瞧，咱上三辈里有个举人，上两辈里有个县巡捕，我也是当了几年队长！张家现在倒成气候了，哼，那几年算什么角色，穷得光腿打得炕沿响！现在倒瓦房盖上要压村里人，他是钻国家空暴发的，你们看出来没，他张家现在要买好村人了，可天能容他吗？山上就出来白麝了！"

狗一咬，牛磨子骂道："谁在打狗？也不看看是谁的狗！"凶狠狠出来，一见门前站着老二和光小，牛磨子脸上立刻就活泛了，说道："是二位呀！怎么没挖矿？要上山去吗？是去问道长有没有麝的事吧？好多人都去山上求那九仙树了。说这白麝是个灾星！真是怪事，刘家的二媳妇前几天硬要去挖矿，歇息时突然看见一个穿白衣的女人，心里就疑惑：这女人怎么不认识？一转身再看时，却不见了。后来再挖矿，洞就塌了，一条胳膊就压折了。真是怪事，莫非这穿白的女人是麝变的？多少年里都没有出过这怪物了呀？"

老二心下犯嘀咕，想起他见到的麝毛，可话到口边没说，却撂了一句凉话："这麝或许是灾星哩，它一来，你就当不上队长了！"

说罢，头也不回，拉了光小上山。山上的路隐在栲树林里，一台一台石阶，像链条一样垂下，五颜六色的草蛇不时就摸路窜行。光小捡了石头撵着去砸，结果把一条砸死在石头上，老二说："听说南方有人在镇上贴了布告收这蛇哩！"光小说："那能挣几个钱？世上的钱是出力的不挣，挣的不出力。前天夜里叫你到湖北那边去，你不去，我又得了这些。"伸了两个指头在眼前晃。老二说："我怕我哥知道，他让我帮他砍树搭支架哩！"光小说："你哥那人，胆大时就他胆大，胆小时就他胆小，他脱皮掉肉地干十多天，顶得过咱一个晚上？"老二说："我手气不好。"光小说："你太老实！"附在老二耳边低声说了一阵。老二直骂道："太作孽了，上天会罚你打一辈子光棍哩！"光小就说："你好，你怎么也是光棍？"

说话间到了山头，山头像刀切一般，过去不远就是主峰台，路却突然随主峰台下落入半坡，再一台一台拾级而上。俩人在古堡门洞口遇见从后山挑水的小道士了。光小当下叫道："小师父，挑水去了！"小道士傻乎乎地笑。老二再说："又遇见哪家姑娘了？"小道士说："别胡说，出家人不讲这个！"光小就又说："要是半夜里有个女子到你房里，你也这么正经？"小道士却不禁惨然，自言自语说道："哪儿有这好事，除非是白麝精变的！"老二听着，心下便噗噗乱跳，思忖道：道人也认为那白麝是成了精了？当下正色问："道长在不？"小道士回答："在。"俩人就进了堡门洞。

道观院中，甚是洁净，石条铺就的场地，条与条的缝隙间生出一种小草，极绿，院子似乎就有了匀称的图案。九仙树挺立着，树干已被香客的手抚摸得油光滑亮，幽幽如有漆光，有几片红布吊挂在枝头，上书"有求必应"字样。道长正坐在那里，给一群孩子说古今，见老二、光小进来，几个孩子就慌了，怯怯地叫："二叔，你别给我爹说我来山上玩呀！"老二笑笑，给道长点点头，道长还在继续说他的，说的是孩子们询问的关于麝的事，言道：新来的麝是兽是仙，是鬼是神，他没见过，但凡世上之事，眼见为实，耳听为虚。既然山下人们都在说麝，他认为，就是有，若感觉是吉兆就是吉兆，若感觉是凶兆也便是凶兆。天地自然是金木水火土五行混合体，既然可生人，生蛇，生老鼠，也便可生麝。五行相克相生，八卦幻变无常，一切皆让其存在和发展吧。这话孩子们听不懂，老二和光小也听不明白。孩子们就不大有兴趣了，又拿出脚来，要道长证实谁是商州土著人。

　　道长说："你们都想做商州土著人，知道这地面为什么叫商州而不叫别的名吗？"孩子们说："不知道。"道长便说："不知道了，我给讲讲。这商州，很早的时候是荒蛮之地，一个人也没有，只是树，全是这九仙树，树林有狼虫虎豹，当然也有麝，公的母的，满山跑。后来，就有一个人把我们的祖先带了来，这个人便叫鞅。当时天下分了好多国家，鞅是卫国人，姓公孙。此人身长八尺，聪敏过人，小小时候，喜欢学习法律，干什么事皆十分认真，说一便一，说二就二，从不含糊。卫国被魏国灭后，鞅投在魏相门下，魏相很是器重他。后魏相病了，魏王前去探视，君臣高谈国事时，魏相说：'我这病一日不济一日，恐怕在世不会长久，为了咱魏国社稷，我推荐我门下一人，叫鞅的，年纪虽小，却有奇才，企望您能重用。'魏王没有作答。临走时，魏相让左右人退下，密言说：'王既不用鞅，就得杀掉此人，万万不可让他到别国去！'王答应了。魏王一走，魏相就把鞅叫来说：'今天国王问将来谁可以做国相，我说用你，他未应允。我身为魏相，当然先尽君上，后及臣下，所以说既不用你，就要杀你，王同意我的意见。如今你就赶快出走了吧。'鞅听罢，却极平静，说：'国王既然不听你的话用我，哪里又会听你的话来杀我？'就是不逃。果然魏王回去后，对左右人说：'魏相病得很沉重，实在让我悲痛，但他却让我用鞭，他也是病得糊涂了！'"

道长讲着，目光并不注视孩子们，仰头远眺，凝视高天流云。天上的太阳在云里穿行，入云，万山阴阴，云边金光激射；出云，宇宙朗朗，山青草新。如此出入不已，山色更换不绝。突然远处一声枪响，孩子们就骚乱了，全站起来叫道："哪儿打枪？"道长就中止了古今，和孩子们一起扭头张望。终于发现在高高的天峰顶的古堡上，站着光大。他身子衬在天幕上，抬足动手都看得分明，又听他在锐声叫喊："我把白麝打死了！我打死白麝了！"这边顿时面面相觑，谁也说不出一句话来。老二突然仰面大笑，跌了一跤，又爬起来拍手叫道："好了！好了！"上到堡墙上扬了衫子呼问："光大，是那只怪麝吗？——"

光大在那边喊："就是，就是，我一枪打死了，打——死——了！"

喊声惊动了山下，人如小甲虫似的从每一个石板房里出来，一齐伸了脖子向天峰古堡上看。孩子们轰地跑出道观，纷纷下山去了。光小也往外跑，老二扯住："麝打死了，有看的时间哩，咱还没办正事呀！"就过去拉了道长，说明来意。道长说："麝打死了，都要去看看，哪有心思计算呀？"老二忙说："求求你了，这可是宗大事啊！"道长便只好坐下，拿了一截树枝在地上写了一行字，让老二报出光大的生辰日期，又报了小梅的生辰日期，然后默不作声，眼皮眨动，末了口里念念有词，就抬头看老二和光小的脸。老二紧张得出气不匀，脸呈青色，不停地追问："大相合不合？"道长一捋胡须便念出一段诗文来："羊鼠相逢一旦休，从来白马怕青牛，玉兔见龙云伴去，金鸡遇犬泪双流，蛇见猛虎如刀刺，猪和猿猴两相斗，黄道姻缘无定准，只为相冲不到头。"

老二说："此话怎讲？"道长说："姻缘大事是不会相冲的，光大是火命，小梅是金命；真金不怕火炼啊！"光小说："那金虽不怕火炼，可火不是总在烧金吗？"道长说："宇宙间的万事万物，无不处在运动之中，阴阳相克，矛盾互制，质中有量，量中有质，其变化万端而又无穷无尽。这便是道。《道德经》讲：天下皆知美之为美，斯恶已；皆知善之为善，斯不善已。故有无之相生，难易之相成，长短之相形，高下之相倾，音声之相和，前后之相随。夫妻生活，便也是一个哭的，搭一个笑的，一个俏的，配一个拙的。相反相成方能相依为命，这火若遇水，水必灭火，火若遇木，木遭火焚，所以火与金是最好不过的了。"一席话说得老二昏昏沉沉，末了问："你说能成？"道长说："能成！"老二弯腰就给道长鞠一个躬，和光小眉开心舒地下山去看死麝了。

四

白麝是被光大打死了。

当雄麝突然遭受到阿黄的袭击，使白麝大吃一惊，当时领了一双小麝躲在古堡南边的一个石洞里，惶惶不安。果然，不久就闻到人的气息，是老二和阿黄又来了，它们谁也不敢吭声，全把嘴巴埋在土里，露出鼻孔和一对眼睛。幸好，老二和阿黄并未发现它们。

这天，白麝和一对小麝都饥饿了，白麝必须出去觅食，就叼来许多树枝掩在洞口。叮咛一对小麝千万不要出洞。

它走出去，终于找着了吃的，赶紧往回跑。可是，就在它刚刚上到古堡，一抬头，却发现远远的一块石头后，趴着一个人，一眼闭，一眼睁，用一杆枪在瞄准。它急忙一缩头，那枪没有响，才明白那人并没发现自己。那么，这人在瞄准着什么呢？它慌了，怀疑是不是无知的儿女跑出来被人在捕猎，再一抬头，突然看见前边的草丛里腾起一个黄色影子，立即就不见了。白麝方明白那人在瞄准着野兔，但它刚才的一抬头，却被那人看见了，听见一声锐叫："白麝！"此时，它意识到了它的错误，拼命地逃跑，那人不顾一切地追赶。它头脑极清醒，在南边峭崖上，它只要再蹿过那个石角，猎人是爬不到峭崖上的，那枪也是打不中它的，但它发现那人正趴在了儿女们隐藏的洞的左前方，它不能让猎人发现了儿女，就又趔过身来往一块平地上跑。枪响了，它终于倒下了。

石洞里，雄麝和雌麝看见了逃跑着的母亲，接着就听见枪响。雄麝再也控制不住，要扑出去，雌麝却咬住它将它死死按住。它们看着猎人提了冒着青烟的枪过去，把母亲拉走了，狂呼着下山了。兄妹俩抱头大哭，然后雄麝就怨恨雌麝，踢它，咬它。雌麝也踢也咬雄麝，兄妹在发泄着对人的仇恨，却伤害了自己的同胞，末了就又各自拿头撞石洞壁，撞得满头满身的血，一个倒在了另一个身上喘气。

第三章

一

小梅哭着回到家，却并没有推门进去，呆呆地立了一会儿，转身就往屋后的洼地去了。洼地里有张家的坟地，树稀稀落落，十几个盆粗的新桩，年轮看得分明，一圈一圈，往外沁着汁水。那两个长满了迎春花蔓的坟堆，父母就睡在里边。小梅还未走近，腿就软了，沉得挪不动，叫一声"娘！"趴在那里抽搐一团。

一群老鸦在空中一会儿聚起，一会儿散开，后来风似的一阵呼呼声，铺天盖地压过村子，瞬息间又飞向树林子里去，夜也被驮了下来。老二兴冲冲一进院就嚷："怎么不点灯？"屋里跑出猫来哀声叫唤，当下心生疑惑，推门进去，冰锅冷灶，不觉又吃了一惊，忙踢开哥哥的屋门，见张老大狗一样窝在炕上，双目紧闭，什么时候呕吐了，炕沿边、枕头上、脚底下满是污秽，恶气熏人，便推摇着哥哥惊叫道："哥，小梅呢？"老大迷迷糊糊，抓耳挠腮，口齿不清。老二就喊道："小梅跑啦，她是哭着跑走的，一后晌也没回来。"

老大立时清醒过来，忙问小梅怎么哭着跑的。老二说了后晌的事。兄弟俩脸色大变，忙出门去找。他们到了河湾，查看了每一个水潭，又询问了几个从山上下来的人，打听是否在山上见到，却毫无踪影。村里也有人为张家着急，问原因，老大不讲，老二也不肯讲。牛磨子就端着一碗茶过来说："老大，妹子不见了？"老大说："你在哪儿见到吗？"牛磨子却说："这可不得了了！女人家就喜欢寻短见，崖上、河里、绳上，什么法儿都有。你们怎么这样待妹子！钱挣得那么多了，是舍不得给妹子买衣服吗？"老大气得没作答，牛磨子便又说："唉，这世上的事，老天安排得匀匀的，财旺人不旺，人旺财不旺。"老二气得嘴脸扭曲："你怎么那么多话？眼瞎了还要嘴上再长个痔疮吗？"牛磨子说："瞎狗不识好歹，别人安慰你，你倒骂人！好吧，祸不单行，你家犯煞在后头哩！"老二勃然大怒，扑将过去要打，老大拉住了，往后坡去寻找。

老二说："哥，这事全让别人扯笑了。小梅会不会出了事？"

老大说："不会的，她一定是躲出去哭了。咱就这一个妹子，说啥也不能委屈了她。老二，我想和你商量一件事。"

老二说："什么事？我听你的。"

老大说："既然孙家这么勒掯咱，我看咱也就算了。"

老二说："你要退婚？云云嫂子可没亏待你呀！剃头匠提出换亲，说到底还是为了能给光大成个家，咱就给云云嫂子多出一笔订婚钱，一般是六百，咱出七百八百，让他重给光大找媳妇去，孙家还能不把女儿嫁你？"

老大好作难，许久才说："云云也不会同意这样做的……再说，七百八百，咱哪有这么多，盖房后余下的钱，我打算用在矿洞上，再买些木料、扒钉、铁丝，那花销大着哩。"

老二说："那何苦呀，咱挣钱还不是为了把日子过好？现在自己连个老婆都娶不回来还想到让别人怎样挖矿？"

老大说："咱为啥娶不上老婆？不就是因为缺钱！孙家勒揹着要换亲，原因还不是没钱花！这笔钱作了订婚钱，成家后日子怎么过？你的婚事怎么解决？全村人不富起来，一家也难富起来，就是富起来，好日子也过不长久！"

老二没法再说出反驳哥哥的理由，只是说："无论如何，你和云云嫂子的事不能吹！吹了，你就是造孽！小梅不畅快，主要是她和光大年纪不配，这我已经问过道长了，道长说大相投合。光大野是野，犟是犟，可也不是阴阳怪气的人。你劝劝小梅，她年纪小，就给孙家讲明，订婚可以订婚，结婚的日期要往后推，三年四年的，也可以再看光大的变化，人也是会变的嘛！"

兄弟俩到了后洼，在爹娘的坟前，却发现草被压倒的痕迹，而且那草皆被人掐去叶茎。老大说："小梅是来过这儿的。"就双腿跪倒，流着泪水说："爹，娘，我对不起你们，对不起小梅啊！"老二也背过身去擦眼泪，一抬头，却看见对面坡根自家的屋窗亮了，屋顶的大烟囱直往外飞溅火星，就叫道："哥，你看，小梅回去了！"

小梅在娘坟上哭了一场，沉沉地竟睡了过去，等醒来，天已麻黑，想起大哥为什么回来没命地喝酒，就又可怜起大哥来。她明白，换亲的事，完全是孙家的主意，自己要不同意嫁光大，大哥能娶到云云姐吗？她后悔自己出走，万一让哥哥们发觉了，他们心里又会是怎么难受呢？于是便起身回了家。还好，哥哥们都没在屋，她就赶紧做饭，要让哥哥们看不出自己曾经发生的事。至于和光大的事，她想，慢慢再说吧。

老大和老二回来后，小梅忙让他们歇下，将热腾腾的饭端上来。饭是糊涂面，锅里比往日少下了菜，又多放了猪油。她问道："哥，饭油不油？"大哥说："油。"

二哥说："小梅，你没事吧？"大哥就伸腿踢了二哥一下。小梅全看见了，心里一酸，眼泪就又出来，借口去取辣子罐，终忍不住哽咽了一声。

屋里立即沉寂起来，老大把饭碗放下，说他吃好了。

小梅重新给大哥盛了饭，双手端过说："大哥，你们也不要瞒我，事情我全知道了。你们刚才是寻我去的吧！妹子不好，让你们心里难过了。"老大眼泪唰地流下来，说："小梅，都是哥不好。你要不愿意光大，咱好好再想办法，做哥的给你保证，你两个哥不是狼虎人，决不让妹子受委屈的！"老二就说："小梅，光大是比你大些，他脾性又不好，这事让大哥好为难。我是到道观让道长算过了，嫁给他命里是不克的，你愿意，我们就给孙家讲清，等过了三四年再说结婚的事，咱也可看光大的情况来定。就是以后真成了，他敢欺负你，我们兄弟两个也是不会饶了他的。"

泪水扑簌的小梅，看着两个哥哥，点了头，一把将地上的猫揽在怀里。

二

　　两家婚姻初定，剃头匠最为高兴。请亲朋好友吃过酒席，就用滑竿抬了老母到烛台峰上去烧高香，第一次要大方，将五元钱的票子塞进了道观的化缘箱里。自此，老母坐在炕上，听门环一响，就知道是张家老大来了，还是老二来了。老二三脚野猫的，来了就和光小说笑，大声地吐痰，爬低上高地寻着东西吃。老大进门就叫"奶"，盘脚搭手坐在炕边拉一阵话，云云就从卧房里出来了，竟当着奶的面，指责老大衣服太脏，头发太长，一见着脚杆子乌黑，就说三道四地让他去洗。奶就说："去吧，去吧，烦死人了，到云云卧屋里去嚷吧！"俩人一进卧屋，云云就没声没息，只是哧哧地笑，奶装着什么也听不见。

　　接连几日，老大没有来，老二也没有来，光小天不明就走了，天黑定了进门，衣服破成布条条，一倒在奶的炕上就呼呼噜噜睡着了。奶问云云："老大怎的不来？你和他拌嘴了？"云云说："人家忙着呢！"奶说："忙什么呢？忙得连我云云都不要了。"云云就说："奶，你不懂，矿洞在支顶，洞道原先只能过两个人，现在忙着往宽里开哩！"奶就自言自语："我还以为他是馍蒸到锅里就放心了哩！他那么忙，你怎么也不去矿洞帮帮忙呢？"云云就说："这可是奶让我去的呀！"说着顺门就跑了，一边跑一边在手里拿了镜子照。

半路上，云云碰着小梅。小梅提了一瓦罐绿豆汤，站住问："云姐，哪哒去？"云云说："矿洞去，我奶骂着让我去呢！"小梅就将瓦罐给了她："这就好了，你给他们送这汤去，天气热，这汤败火哩。去呀，我大哥热得嘴角都烂了！"说罢，那么一笑，自个返身先回去了。

矿洞是在坡根的高地上，一片蓝色的云雾罩在那里，看得见人从矿洞口里推出一车一车的烂石废土，倒在前边的沟畔下，车极快地推出来，猛地一丢手，车子立栽而起，车拉带却握在推车人手里，一片土气就从沟畔升起，再扑上去将推车人迷住，立即就有人大声咳嗽，夜猫子一样狂笑。云云提了瓦罐才走到沟畔下，那洞口的人就锐声叫："云云，先不要来！先不要来！"云云看时，那些人全是光头光身光脚，只有一块麻袋片，或者破褂子系在小腹下遮羞，有的甚至一丝不挂。云云忙转了身，叽咕道："怎么这样挖矿！"等上边喊："好了，云云你可以来了！"云云上去，那些人都穿了裤子，脸土得如泥塑一般，抢了她的瓦罐喝绿豆汤。云云就说："慢点，慢点，人人都让喝点！"她一边说，一边用眼睛寻着老大，老大不在。一个喝过了汤的人就从旁边取了酒瓶，一边往嘴里倒，一边说："给人家老大留些吧，别没个眼色！"云云便夺了瓦罐，钻进洞里去了。

洞子里很黑，沿途的壁窝里插着蜡烛，云云还是看不清前边，小心地站了一会儿，眼睛亮起来，才高一脚低一脚往里走，在一个拐洞里，看见老大正弯着腰在拧着一根支柱上的铁丝。她悄悄近去，用嘴送一股气到那后脖子，老大就用手去摸，手才挪前去，气又过来，手又到后脖摸，云云就爆发出一阵笑声。老大惊得转过身来，叫道："云云！"就把她拉住了，云云的笑声还在响，但笑得不脆不亮，像是一口泉眼被什么按住了。

云云推开了老大，低声骂道："扎死人了！"老大说："你怎么来啦？"云云说："我是来给你送绿豆汤的！"她将瓦罐递给他。老大抱起来喝了一气，喝得满心口都成湿的，问道："你给我们做的？"云云说："小梅做的，她真怪，偏要我送来。"老大说："小梅越长越有心眼了，你知道她为什么要叫你来送？"云云明知故问："为什么？"老大说："她怕咱们的事不牢靠，让咱多来往哩。"云云就说："我有这个小姑子也算有了福了！"老大说："小梅年纪不大，却懂事哩。你哥脾性不好，你要多劝说他改改。要有空，也到我家去坐坐，和小梅拉拉话，帮她干干活，将来要做嫂子了，也要像个嫂子的样子呀！"云云却噘了嘴："我还没过门，去得多了，外人说闲话的！"老大说："干啥事人不说？！"云云又说："这我知道，可我还怕哩！"老大说："还怕啥？"云云悄声说："怕你那胡子！"一句话说得老大心血涌动，放了瓦罐，就把云云揽在怀里，四脚乱蹬，瓦罐就被蹬破了。

出洞来，云云手里提了个瓦罐系儿，有人就叫道：
"呀，云云，做什么了，瓦罐都打碎了？！"就指着云云
嘴唇上、鼻子上、腮帮上的一块一块黑戏谑、取笑。云云
面红耳赤，追着那人撵打。

以后，云云果然常到张家来，和小梅好得亲姐妹一
般。俩人得空到矿洞去送吃送喝，帮着干些零碎活儿。在
村里也四处排说矿洞的安全，挖矿的收益。又帮着老大将
矿洞中挖出的锑矿背到公路边去搭便车进县城，买得几身
很鲜亮的衣服，村里的女子们瞧见了，眼都热，催着爹也
去矿洞劳动。来矿洞的人又日益增多，不久，各家就在主
道洞里挖出许多拐洞，已经分别见到锑了。

一日，久雨初晴，村道里一片泥泞，老大正和小梅
在家拉话，门一推，云云进来了，两只泥脚在门上蹭，脸
色苍白。小梅站起身拉云云在炕沿坐了，说："嫂子，病
了？气色这么不好？"云云笑道："我还没过门，哪里就
成了嫂子！我有什么病，怕是没睡好吧！"小梅就取了一
只鞋底说："云姐，这是给我哥做的，你看针脚哪儿不

好？"云云说："你的针线我还敢弹嫌？"小梅就说："我的意思让你替他去纳哩，难道还让我再纳下去吗？"云云说："我偏不纳，能者多劳嘛！"小梅就把鞋底丢给云云："好呀，那让他打赤脚去，看咱俩谁心疼！"就笑着去提了小篮子，"你今日来了正好，我到后坡捡些地软去，中午咱包扁食吃！"一出门，竟把门拉闭了。

老大等小梅一走，问云云："你脸色真是难看，是有病了？"云云说："我是专来找你的，事情坏了！"老大问："出了什么事？"云云未说，脸却绯红，怒嗔道："你还不知道？"老大说："什么事？我哪里知道？"云云就低头说："我说不敢不敢，你说没事，现在好了，绳怕细处断，果然就断了！"老大立时明白，吓出一头冷汗，问："什么时候感觉不舒服的？"云云说："六七天了，我还真以为有了病，就到镇上王先生那儿号脉，他当着人面说：'女子，向你道喜了！'吓得我失了魂。可当着那么多人，我不能不要脸面，倒臭骂了他一顿，周围的人也都怨王先生胡说哩。回来后我心就慌透了，几夜几夜合不上眼，奶看出来了，问我，我给她说了，她骂我'丢人没深浅'。"老大坐不住了，在屋里踱来踱去，怨怪云云不该给奶说，云云说："我怎么能瞒我奶！我奶能坏事吗？你快出个主意，我该怎么办呀？"老大一屁股坐在椅子上，六神无主。云云就生了气："啊，你这阵倒没主意了！听说喝苦楝子籽能打下来……"老大说："那使不得的。事情到了这一步，咱都不要害怕，依我看，干脆把他生下来。你我虽没结婚，可村里人都是知道订了婚的……有什么事，我顶着就是了！"云云哭丧了脸，难受地说："这叫我怎么见人呀？村里人早先就对你不三不四，一有这事，那还不知怎样给你泼恶水了！"老大说："你头高高仰着走，看别人能说什么！矿洞已经开始出矿了，你常来，和我在一起，百无禁忌的！"云云看着老大，最后点了点头。

半晌，小梅回来了，篮子里捡了许多很大的地软。她脸色却黄得透亮，一进门就说："哥，山上又有麝了！"

云云慌忙叫道："我哥不是把麝打死了吗？"

小梅说："还有，还有，我亲眼看见的。我在山坡上捡地软，正要下一个垌，一抬头，看见高高的崖上，就坐着一只麝。我看着它，它也看着我，眼睛凶得怕人，我撒脚就跑！"

云云看着老大，惊得脸色更白了："这真是怪事！莫非灾难还没有过去，要来为死去的麝报仇吗？"她下意识地，一双手就按在了肚子上。

老大说："有麝就有麝嘛，胡拉扯到灾不灾的，别自己造个鬼来吓自己！"

三

小梅见到的麝，是雄麝。白麝死后，一对小麝昼伏夜出，去咬住人家鸡圈里的鸡，咬死了并不吃，却撕成三块、五块放在人家的门口，又去咬死猪，咬死羊。几次深夜突袭成功，胆子越发大了，一次竟寻到光大家的貂窝，咬死了九只貂。

麝的重新出现，骚扰了孙家，也骚扰了村里所有人家。人心浮动，越发怀疑这是天意，是村里什么人触怒了神鬼。想来想去，就又说到了张家老大，认定是张家老大挖矿的原因。一些进了矿洞的人就又退出来。老大就寻着光大，说这麝一定要捕杀，既然有些人以麝来作怪，把这麝彻底消灭，看反对的人还能说些什么！光大对谁的话都不肯听，唯对未婚妻的哥却言听计从，百般讨好，于是就背了枪四处寻察。

野物终归是野物。一日天上下雨，两只麝在洞里玩了一阵，雌麝疲倦就睡下了，雄麝独坐，忽然身子有了一种异样的欲望。它斜眼看雌麝睡得好甜，四蹄朝上，露出腿下的部位，就慢慢前去，不知怎么，就和雌麝交结在了一起。此后，那种交结的举动每日忍不住发生。很快，雌麝有了身孕。雄麝就担负起保护雌麝和雌麝肚腹中后代的义务。它不让雌麝轻易出洞，不让受饿，常常是单独外出觅食。有时，它发了疯一般在庄稼地里践踏；有时又跑到矿洞口，用后脚猛刨地土堵塞洞口，刨得腿毛脱落，双脚出血，发泄它的兽性。

四

矿洞口出现堵塞的地土和麝毛后，外姓外户的人几乎全不来了，甚至喊喊喳喳议论云云，说有人看见她突然间喜欢吐唾沫，一坐下来就一口接一口；爱吃酸东西，到了青葡萄树下就走不动了。于是，长嘴妇、长嘴男就说起老大的不是：没结婚就要有娃了！近朱者红，近墨者黑。如此一个不正经的人，跟上他哪有好果子吃？别瞧他瓦房住上，腰里有钱，麝一次一次出现，是天意在警告他小子了！当老大挨家挨户让人去矿洞挖锑，言善的说句："算了，钱能挣得够吗？能将就过去就得了嘛！"意恶的则说："我没儿女，我还怕绝后哩！"气得老大回来喝闷酒，喝得昏昏沉沉就蒙被子睡觉。老二和光小说："不来了好！洞反正挖好了，几海碗合一小碗，咱挖咱的！"两家人就挖了几天，老大用麻袋装了，赶毛驴驮到镇上，搭便车上县交售去。

老大一走，老二和光小挖着挖着，懒劲上来，又双双跑出去赌博，一夜里分别赚了上百元。钱赚得顺手，后来竟将那些赌徒招引到矿洞来摆摊子。云云和小梅见天来送饭，每每在洞口吆喝一声，老二和光小出来吃饭，两个做姐妹的都心疼，劝他们做做歇歇，别劳累过度。回家来，云云就让光大杀一只羊，补挖矿人的身子。光大就在门前树上绑了横杆，握着头角拉过一头，那羊咩咩叫，后腿跪下直流眼泪。云云扭过头不忍看。光大笑一声，猛地将羊后腿一提，扳倒在地，立即双腿压上去，磕了一下羊的前蹄，羊蹄一收，刀就捅进脖下一个软坑里，血噗噗地往外溅。光大一看羊腿乱蹬断了气，就把四蹄皮毛捅开，以口吹气，后划开肚皮，以拳在皮肉之间嘭嘭打剥。立时，皮是一张，肉是一条，上杆分割，那肥嘟嘟的满是油疙瘩的尾巴就丢在了笼里。云云武火文火炖好了羊肉，就来喊小梅一块儿到矿洞去。这次去却发现洞里有好几个人。问时，说是湖北那边的人，来参观这矿洞的。老二和光小神色慌张，接了羊肉罐就催她们快回去。

回家的路上，云云疑惑地问："小梅，他们在洞里干什么呀？"

小梅说："饭吃得那么多，挖出的矿却那么一点儿，这两个是懒身子，大哥不在，没人领了，怕是在里边睡觉吧！"

这疑惑一日一日加重，就盼等老大回来，老大一去三天，却无音信。这天夜里，云云给奶洗了脚，扶着上炕去睡，就对爹说起矿洞的事，让爹去看看。奶坐在炕上，就又唠叨起来，说中午她在炕上坐着，听得有人叫"奶"，回头一看，进来一人，头是老大的头，身子却是麝身。登时倒吓了她一跳，问时，他竟出门就走了。接着是老大的爹娘来了，盘腿搭手坐在炕沿，可怜见的，衣服还是当年穿的对襟子袄。云云就说："奶，你一定白日又做了什么梦吧？老大在县城还没回来，他怎么会变了麝的？！"奶还要说什么，门被砰砰砰敲响，云云将门打开，三道手电筒的白光就齐刷刷照过来，云云闭了眼。剃头匠在屋里说："谁这么没礼节的，在人脸上照什么？"来人走进屋，凶狠狠地问："你是光小的爹？"爹说："是的，他把我叫爹。"来人说："你儿子被抓走了，最少得三四天，明日给他送饭去吧。"云云惊道："送饭？"来人说："对，送到河那边南沟洼乡政府去！"云云急了："我弟犯了什么事，抓到你们湖北界上去？"回答是："赌博！他和张老二勾结那边的赌徒耍钱，我们抓了几次没抓住，你们开了矿洞，原来是做赌场呀！"一阵手电光乱晃，来人骂骂咧咧走了。剃头匠在屋里骂了一声："这不争气的东西！"一胳膊擂在桌子上，桌上的油灯跳起来，灭了，剃头匠的胳膊却被桌面反弹着，身子咔嚓倒在了地上。云云叫道："爹，爹！"忙点灯扶爹，爹的一条胳膊都淤了血，乌青乌青的了。

翌日，消息传开，村人跑到矿洞口来看热闹。老二的走狗失去了主人，在矿洞里钻出跑进，谁要进洞去，就扑上来撕咬狂叫。一个人的裤子被咬破了一个洞，就有人喊："打死这恶狗啊！"便石头、瓦片雨一般过去，阿黄跛了一条腿。村人进矿洞去，思谋这矿洞好过了张老大，却给一村人招来了白癜，如今又在这里抓了赌徒，就叫道："捣了这阴死洞，丢尽咱村的脸面了！"于是七手八脚，用石头就砸起来，许多支架倒了，镢头和钢钎被远远地抛到沟畔里去。

小梅在屋里哭，云云也在屋里哭，哭得如家里出了丧。后来擦了眼，提了饭罐还要过河到湖北那边去送吃送喝。走到河湾，云云说："全是这两个不争气的，把事情弄坏了！"小梅说："大哥回来，不知要气成什么样子！他也不知道在城里干什么，这些日子了还不回来？"云云气上来，就把自家的饭罐摔了，说："不送了，把他俩饿死才活该！"

牛磨子的肝病又犯重了，中医先生的药方里有当归、丹参、茵陈、神曲、秦艽、白芍、板蓝根，那儿子去抓药，缺了三样，也懒得再去找，气得牛磨子在家里骂，忽见河边坐着云云、小梅摔了饭罐，就走出来高声问："二位女子，这是往哪里去呀，还提着饭罐？"云云说："你快操心你的病，小心那肝儿烧黑了！"牛磨子落个没趣，就冷冷地笑了，说："我当队长那么多年，公安局、派出所还从未到这里来过哩！现在成什么世事了？谁要在山上挖窟窿谁就挖窟窿，那山神是干啥的？麝是干啥的？钱哪能归了窝了？我早就说了，共产党的天下，哪能让谁由着性儿来，保不定还有人要蹲班房挨枪子儿哩！"

云云骂道："你娘才挨枪子儿哩！"小梅就把倒在石头上的饭捡起来，饭是扁食，一半沾了泥沙，一半还干净，放到另一个饭罐里。俩人去了南沟洼镇。

镇子不大，乡政府在镇中街，姑嫂俩提了饭罐走到院门口，看见老二和光小在院中的台阶上坐着，蔫得像霜杀过一般。老远见送饭来，走到门口，刚叫声"姐"，云云把饭罐往地上一放，扭头就走了。

从南沟洼回来，小梅要回到自家屋去，云云说："你大哥没回来，老二又不在，你一个人待在家，听到外边说三道四的，你哪能受得？到我家去吧。"小梅以前常到这家去的，自提出换亲的事后，就再不走动，当下推辞了一会儿，还是被云云强拉着胳膊去了。剃头匠没在，躺在炕上的奶见小梅来，忙要下炕，小梅叫声"奶"，按住不让下，奶便拍打拍打炕席，拉小梅坐到自己身边，拿手巾替她擦泪。小梅一句话也说不出，泪水越擦越多。

奶说："小梅，也别太难过。你大哥还没回来吗？"小梅说："没有。二哥他们帮不了大哥多少忙，倒尽往他脖子下支砖头！"奶说："不知这事要闹到什么地步！刚才屋里来了好多人，七毛、顺成、社姑，还有你娘，都说是不是开了这矿洞，犯了什么禁了！"小梅便问："我娘？"云云就说："奶是糊涂了，阴阳混着说哩！"奶就说："你才是胡说哩！世事我经得多，这几天我也思谋，这事也够怪的，怎么你哥这一半年日子才顺了，灾事就一个接一个来？你也该到烛台峰去，给九仙树烧烧香哩。"云云说："奶，你是让老大回来训小梅吗？"奶说："老大啥都不信，可世上这是人住的，却也住神呀鬼呀，连麝都住着的！你想想，为什么打死一只麝，便又有一只麝？还有你，怎么一次就……"云云赶忙扯了奶的衣襟，怕说出什么事来。奶就不说了，长一声短一声叹气。小梅就说："奶的话也该信的，我不妨下午去峰上一趟。我伯呢？"奶说："矿洞一架了支顶，他就把剃头担子架到楼上了，也英武着要去挖矿。一出事，心却灰了，收拾了剃头担子又到镇子集市去了。"云云就偏问奶："我大哥呢？"奶说："他能在屋里坐着？又去打兔子了。那貂肚子大哩，一天没三四只兔子就不行啊！云云，你去找你哥去！"

小梅听云云和奶说起光大，脸就红了，忙挡了云云。自勉强认了这门亲，那光大趁没人时，也去过她家几次，她却每次远远瞧见了，就关了门，不敢见他。这阵又说起光大，她知道云云的意思，当下就起身，说是去家里取香到峰上去，便给奶道了几句体贴话，出门走了。

一进道观院内，小梅就直奔九仙树下烧香。九仙树一身疙疙瘩瘩，中间全部空腐，露出一个连一个的黑窟窟窿，香烟端端往上升，后来就绕着树飘，从窟窿里吸进去，又吐出来。道观的台阶上，坐着道长吟书，书是厚厚一本，纸张发黄，独看独吟，目无旁人。小梅侧耳听听，吟的是：

"公叔既死，公孙鞅闻秦孝公下令国中求贤者，将修缪公之业，东复侵地，乃遂西入秦，因孝公宠臣景监以求见孝公。孝公既见卫鞅，语事良久，孝公时时睡，弗听。罢而孝公怒景监曰：'子之客妄人耳，安足用邪！'景监以让卫鞅。卫鞅曰：'吾说公以帝道，其志不开悟矣。'后五日，复求见鞅。鞅复见孝公，益愈，然而未中旨。罢而孝公复让景监，景监亦让鞅。鞅曰：'吾说公以王道而未入也，请复见鞅。'鞅复孝公，孝公善之而未用也。罢而去。孝公谓景监曰：'汝客善，可与语矣。'鞅曰：'吾说公以霸道，其意欲用之矣。诚复见我。我知之矣。'卫鞅复见孝公，公与语，不自知膝之前于席也。语数日不厌。景监曰：'子何以中吾君？吾君之欢甚也。'鞅曰：'吾说君以帝王之道比三代，而君曰：久远，吾不能待，且贤君者，各及其身显名天下，安能邑邑等数十百年以成帝王乎？故吾以疆国之术说君，君大悦之耳。然亦难以比德于殷周矣。'"

　　小梅听不懂道长吟的什么，倒觉得古怪好笑，看着香烟过半，作揖跪拜后下山。从正面下山，山根处要经过牛磨子家，小梅不愿见那一副阴阳怪气的嘴脸，就绕道从后峰背下来。峰后的路难走，半坡处有一片竹林，林里有一口泉，小梅走得浑身是汗，便蹲在泉边洗手脸。一扭头，却见远处一片黄麦菅草平地上，挖有一个地窝子洞，洞口又有一个简易的庵子，庵子门口吊着一只麝。小梅冷不丁吃了一惊，定睛看时，那麝却是皮囊，塞了一肚子禾草。心下就生疑了，这儿怎么有麝皮？突然庵子里哈哈几声笑，一个人旋风似的冲下来，把小梅拦腰抱住了。小梅吓得乱喊乱叫，看时，原来是光大。那一张乱糟糟的胡子嘴就凑过来，她立即感到如针在脸上扎，就拼命叫道："放开我！放开我！"光大喘着气，咽着唾沫，说："你不要叫，一叫，人就会来的。你让我亲亲，反正咱们要做夫妻了！"那一只手就到了小梅的肚子上。小梅急了，一口咬在光大的肩头，立即血流下来，光大把她放下了。小梅说："猪狗，猪狗！你要再上来，我就撕烂你的猪狗脸！"光大热劲消散了，也清醒了，像一只斗败了的公鸡坐在地上，说："小梅，我，我……我老想你，都想得要疯了！我到你家去，你总不理我。你瞧，那麝皮，我已经晾干了，好多人来买，我不卖，我是要送给你的。我放在家里怕不保险，走到哪儿，带到哪儿。我守在这里打野兔，几时想起你了，就抱着麝皮叫你。这是真的，谁哄你谁挨枪子儿！你要信我，我娶了你，我能养活了你，不打你，让你吃好的，穿好的。你不信？我用刀子扎我手腕给你看！"说着，就从腰里取出刀子，果然在手腕扎了一下，鲜红的血就顺着手腕滴在地上。小梅泪流满面，惊呼一声扑过去，将那刀子夺过扔到荒草里去了。然后站起身，冷冷地从山路上走去。光大还跪在那里，粗着声叫："小梅，小梅！"

第四章

一

张老大回来了，坐着一辆车。车是远在天边的省城电影厂的。在县城里，老大忙活着他的营生。山里人，在村里咋看咋顺眼，到城里则呆头愣脑，那一身衣服也似乎太皱巴、肮脏。他正蹲在一家旅社的门口观街景，有人却也在对门的店铺里观他，观他的时间很长，他后来发现了，显得不好意思，又立即警觉起来，心里说："莫非是贼？山里的贼下作，城里的贼光堂！"就下意识地按按腰间。腰间按过了，老大想，糟了，不是让贼看出我有钱了！便又把手塞进腰间，掏出一条黑乎乎的手巾来，使劲地抖，表示腰间没有钱，鼓鼓的原来是手巾。转身回到旅舍，将钱装在裤裆里，那里有一个小口袋，用别针别了。

但那人却跟了来，问他叫什么名字，家住何处。他好疑惑，冷眼不语。那人就掏出工作证，自称是电影厂的导演，导演的任务是选演员演电影，极希望他能充个角色。张老大从未接触过这种人，看那工作证，别的什么都没看清，只认准照片上的人和面前的人一个模样。于是，他们谈起来，他说他演不了电影，电影哪里是他能演的？导演便叫来几个人，让他站起来，转，走动，脱了衣服，他一切照办，可脚步总是走得僵硬，脖脸酱红，大汗淋淋。导演就不再说起演角色的事，只是问起他老家的情况。张老大说这些就很自然，一口一个家乡好。先夸说锑矿，说他这次出来就是卖矿的，卖完了矿他没回去，因为想着一件事：能不能自己有车，直接从村里把矿石运到县城呢？如今用毛驴驮到镇街，又拿了鸡蛋送过路的司机，乞求人家捎顺脚，这要误多少劳力、时间？往后天长日久，又要行多少贿赂？他在县城打问了，车难买得很，价也高得吓人；而手扶拖拉机却容易，两千多元就行。他心便动了。为了先掌握手扶拖拉机的驾驶技术，他找到了一个楼房建工队，给人家拉运沙石的手扶拖拉机当小工，讲明只管饭，不挣钱。整整四天，他竟学会了驾驶。

张老大说得痛快，衣服就脱了，十指在脊梁上抓痒，抓出一道一道白，说："这么大个县，就咱那儿有锑矿！挖出来就是钱，这不是在挖金子银子吗？"导演说："你们那儿还有什么？"老大说："什么都有。你问的是啥？"导演说："山怎么样？"老大说："没啥名山，可山长得怪，大的一共四座，天峰、地峰、人峰、烛台峰，峰峰顶上有古堡。"导演眼里立即生光，说："古堡？有古堡？"老大说："有呀，那是过去闹土匪，村人躲藏的地方。实说吧，咱那儿荒僻，三省的土匪都跑到那儿，后来土匪和土匪又闹起来，杀人像割韭菜。听云云爹说，四八年闹匪，一股将一股打散了，头儿的头割下来往县上送，雇的是云云的爹。云云爹胆小，不能不给人家挑，又不敢看死人头。他一副担子，前筐里放了石头，后筐里放一颗血淋淋的头，眼睛睁着，似乎还在笑。送到县城，他就发了半年的摆子！"

见导演听得入迷，老大就更得意了，手在桌上蘸了茶水画起山势流水形势图来。第二天，导演就决定要跟他回村，说他们正要拍一部写土匪的影片，苦于寻不到一个有古堡的山寨。于是，老大就做了向导，和导演、摄影师、服装师、道具师，以及四个主要演员乘一辆小面包车进了村。

奇奇怪怪的面包车，村人没有见过，都想来看热闹，却又站得很远。城里人越是招呼那些孩子，那些孩子越是后退，一个个脸色木木的。城里人觉得山民有趣，山民又觉得城里人新鲜，不明白那每一个人为什么都戴眼镜，且镜能变颜色。只有阿黄和牛磨子家的没尾巴狗，领了一帮大小同类，扑过来使劲啃车。车上的人先是不敢下，下来了就拿衣服打狗，用帽子打狗。狗便人不犯我，我不犯人，你进我退，你退我进，吓得女演员尖声锐叫，挪步不得。老大就吼一声："滚开，真是瞎狗乱咬！"狗才轰的一声散去。

导演抬头看四周山势，喜欢得手舞足蹈，连声叫道："就是这里！就是这里！天下再也找不到这么绝的场景了！"老大忙着去找村长，村长是个肉馕人，长脖驼背。毕竟时常到乡里开会，老大介绍了电影厂的同志，他便一连声地说："啊，拍电影是件大事，我们村全力支持！各位领导不远万里到我们这里，我们表示满腔热情的欢迎，向你们学习，向你们致敬，你们到我们这鄙僻的山里……"老大见不得这份酸劲，就说："村长，是偏僻，不是鄙僻！"村长却瞪了老大一眼，还在说："各位领导，我是粗人，不会说话，一句话我说不庸俗你们一说就会庸俗的。"老大就又纠正："是通俗！"那四个演员就再忍不住，哈哈大笑不已。

采景组被安排在原队部公房住下，老大帮他们支好床铺，说："你们先歇下吧，晚上到我家来喝酒呀！"并指点了住家方向，自己急急往家里去。小梅在院子里捶洗浆过的衣服，一块大青石板上，棒槌起落，有气无力，几次捶空了，捶在地上，发出木木的空音。老大叫："小梅！"小梅回过身来，叫声"哥"，棒槌从空中落下，哇地哭了。老大忙问："怎么啦？"小梅越发委屈，脸面抽搐，一字吐不出来，末了断断续续说了这几天发生的事。老大的一双手死死地抠着身后的墙皮，土簌簌地往下掉，问道："矿洞现在怎么样？"小梅说："全让捣乱了，支架歪了许多。那麝在里面刨土，拉屎，人都说那里有鬼，谁也不敢去了。"老大再没言语，进厨房拿了几个黑馍，说声："我去看看！"边吃边走了。

矿洞里确实乱极了，一进入二十余米便黑得不见五指，脚下的乱木绊了一下，他重重地倒在洞里，黑暗里双手抓着砂石，泪水哗地流下来。后来就发疯似的吼道："老二，光小，我打死你们，打死你们！"他坐起来，咬紧牙关，捏紧拳头，却使劲地擂打着自己的头颅。

大哥一走，小梅就去叫了云云，两个人提心吊胆赶到矿洞，老大已经从洞里一步一步走出来。在矿洞口，黑暗与光明的交界处，两方都站住了，互相望着，没有埋怨，亦没有安慰，后来老大一个惨惨的笑，云云就呜地哭起来了。老大说："甭哭，回家吧。云云，你帮小梅去做饭吧，把熏肉多炒些，取一坛窖里的苞谷陈酒，晚上电影厂的人要来咱家的。去吧，让我静静地在这坐一会儿。"云云和小梅无声地走了，老大又叫住叮咛道："到那泉里把脸洗洗，见了谁也不要哭，碗筷一定要洗净呀，城里人讲究这些哩！"

二

家里来了些人，都是给老大说矿洞的事，说老二、光小的事，说牛磨子的幸灾乐祸的事，老大就不让说，寻着别的事岔话题。等电影厂的人来吃罢晚饭，他替小梅收拾锅盆碗盏，让小梅清点一下家中的存款。小梅搭梯到了楼上，从屋梁上取下一个红包，老大就笑说："你好鬼，钱放在那儿！"小梅说："你既然让我管钱，我就得操心点儿。二哥赌钱，让他知道了，偷着拿去，家里有个事了，到哪儿去抓钱？"老大心里一阵热，念叨妹妹贤惠，不禁想起这么好的人将来却要嫁给光大，就不忍心正面看她。小梅见大哥不言语，就说："共是六百元，你怎么用呀？昨日湖北那边来了口信，说扣留二哥他们几天，还要罚款，你是不是带了钱领他们回来？"老大脑袋沉沉的，说："是要领他们的。不知要罚多少款，六百元再一扣，也就剩不下多少了。"小梅说："这些钱可不敢再花了，将来你和云姐……"老大却说出了自己在县城里已拿定的主意，小梅不说话，拿眼睛看哥。

这当儿，门扇被什么抓着，嚓啦嚓啦响。小梅去开门，进来的却是阿黄。阿黄浑身湿着，舌头伸出来老长，似乎是跋涉了很长的历程，扑向老大，耳朵一耸一耸地讨着喜欢。老大看着阿黄，就想起老二，不知他在湖北那边如何受罪，心烦起来，就把狗推下怀去。狗却又一次扑上来，拿头在他身上抵，他就觉得蹊跷，细看时，狗的脖子上系了一条细绳，细绳下吊着一个字条。老大取下凑近灯看了，不觉神色突变，小梅忙问："谁的字条？"老大说："阿黄刚才是到老二那里去了，老二捎的信，说那里罚款二百元，明日款再不到，就把他们一块儿赶到一个林场去植树半个月！"小梅听了，眼里流出泪来，求大哥快拿了钱去湖北。老大便出门到剃头匠家来，商量怎么个去法。

简直没有想到，剃头匠的家里，却坐着导演他们一伙人。一见面，导演就说："老大，你说云云爹云云爹的，原来是你的泰山呀！我们从你家出来，心想夜长，就寻着孙伯来问问当年闹匪的事哩。"老大就笑笑，坐下来陪着听他们说话。剃头匠嘴里叼着旱烟袋，耳朵上却夹了导演递给的香烟，说起当年担人头的事，有声有色。云云只在一旁烧熬茶水，一壶一壶往每人的碗里续。老大耳朵听着说话，心里却急得火烧火燎，见剃头匠稍有停顿，就拿眼暗示。

剃头匠说："你有啥事？"老大就笑笑说："你先说，伯。"剃头匠偏说："有啥事就说，导演要在咱这儿待多半年哩，人又和善，不是什么外人了，你说吧。"于是老大才说："老二和光小捎过话……"一句未了，剃头匠脸色发暗，站起来给导演他们苦笑笑，拉老大进了卧屋去说。

堂屋里气氛低落下来，人人面面相觑。导演问云云，云云掩藏不过，如实说了老二、光小的事，导演问："在矿洞里？就是老大说的锑矿洞吗？"云云也就把怎么挖矿，以及山上有了白麂的事都叙道了一遍。导演几个人嘀咕了一阵，就起身也进了卧屋。

卧屋里，剃头匠坐在炕上，鞋脱了，伸了一双黑脚在那里，手不停地在上边搓，搓得垢圿滚蛋儿，见导演进来，一脸难堪。导演说："事情我全知道了，这么大的事，领人当紧呀！"剃头匠说："都是我们孩子不争气，让你们见笑了。"导演说："赌钱是坏事，可到了这地步，先把人领回来是主意，要不事情越闹越大，别人又要趁机对挖矿说三道四了。"剃头匠说："实不瞒你，我手里只有百十元，老大有五六百元，他心大，要重新修复矿洞，还要购买手扶拖拉机，这二百元一掏，啥事也就干不成了！"导演说："钱紧是紧，老大的主意好哩，只要把矿洞修复，有了拖拉机，挣钱还在以后哩。你们拿钱连夜就去领人吧。买拖拉机的事，我们也可帮你老大的。"老大说："哪能要你们的钱。你们是公家人，就是你们给，我也不敢花公家的钱！"导演说："这不碍事，拍一个片子国家投资五六十万元，我们决定在这儿拍，就要搭景，搭景就什么都需要。比如搭一院房子，这木料的事，我就可以让你去买，我们再从你那儿买嘛。还有一些道具，在你们看来也许不值什么钱的，但卖给我们，说不定就掏大价钱哩。"剃头匠叫道："一个电影要花那么多钱？天神，国家的事真大哩！"老大无限感激导演，当下说："我也不知说什么话谢你们，你们看得起我，信得过我，我也就够了，往后需要我办的事，你们只管说吧！"仨人又走到堂屋。云云就递给老大一个灯笼，老大才要出门，一只狗就蹿了进来。

云云一见是阿黄，就说声："是小梅来了！"连声叫："小梅，小梅！"老大说："是阿黄自己来的吧。"云云说："阿黄从来没来过的。"自己先出了门，果然拉了小梅进来。小梅羞羞答答地问候了屋里的人，对老大说："大哥，你要去湖北那边，就把阿黄带上。村里都说那麝是成了精了，让阿黄护着你！"导演见阿黄形象威武，就拿了一点馍馍逗它，阿黄万般作态，一会儿跳起，一会儿卧下去，后来后腿就直立了，学着人走动。老大提了马灯，说："阿黄，走！"阿黄就跑过去，让老大将马灯放在嘴上叼了，稳稳地跑出门。门外同时却有了几声凄厉的猫头鹰叫，剃头匠和云云、小梅都愣住了。一直躺在后檐卧屋炕上的奶就喊叫："老大，老大！"老大进去，说："奶还没睡着呀？"奶说："我听着你们说话哩！这么大的事你们也不跟我说说。听见了吗，猫头鹰叫得多怕人！"说着，就颤颤巍巍下了炕，在中堂的"天地神尊位"前的香炉里抓了一把灰，用纸包了，让老大拿上，说："你现在是孙家的女婿，云云爷他新做了地峰寨主，你带上他的香灰，走夜路觉得肃杀了，唾一口唾沫摸摸头发，将这灰撒去，就平安无事了！云云爷是寨主，神神鬼鬼不看僧面还看佛面，旧社会咱这儿土匪多，处处设卡子，有土匪头儿的字条就谁都不敢挡的。"老大就笑笑，说："好，我拿着了！"导演几个人听了却都莫名其妙。

三

老二、光小回来，脸上自然不光彩，咒骂这事坏在牛磨子身上，说是牛磨子偷偷报告了湖北那边抓赌的，发誓要教训这瞎了肝的人。老大火气上来，每人扇了一个耳光，警告他们别惹是生非，老老实实到矿洞去修复洞道。老二、光小天不怕地不怕，就怕老大，再也不敢违抗，心里却暗暗记着牛磨子的仇。

采景组住下后，每天四处跑着察看地形，背了照相机走到哪儿，拍到哪儿，最后一一选好了场景。一到晚上，导演就又和那些演员走东家，串西家，了解当年闹匪的事，进一步充实他们的剧本。老大接受了购买搭景材料的任务，便先砍伐了坟地仅有的树，又将屋前屋后的那些柏树、杨树也砍了许多，统统卖给采景组，后再到各家去收买木料、绽板、白灰、砖瓦，一一集中到要搭房子的地点。他工作得十分卖力，采景组就高价收购，几天工夫他便从中赚得六七百元。

第一次来了城里人，又是弄电影的，村人见导演和演员走到哪里，就围到哪里，见老大常常和这些人厮混，免不得眼红和嫉恨。剃头匠见人则说："导演到过我家，和我喝过茶，吃过烟哩！"说着，从怀里掏出那支烟来，又夹在耳上，然后就神秘起来，说拍一个电影，国家要给五六十万元哩，说得人人瞠目结舌。后得知老大帮着筹备搭景材料，从中获得了六七百元，就又愤愤不平，骂"有钱的越有钱了"。等老大再到他们家去买材料，就一口拒绝，而私自去和导演交涉。导演就笑着对老大说："你人缘不怎么好哩！"

老大也很难过，说："我也不知道，我是哪儿得罪了他们，怕还是为挖矿的事。我之所以这么一心要把矿洞弄好，就是为了大家富起来，可总不落好，事事不尽意。"

导演说："中国人就是这样，要不，为啥咱们国家干什么都艰难哩！我们这部电影，有一个很重要的内容，就是要反映这方面的问题。可也怪，村里人对我们倒热情、和气。"

老大说："你们是城里人嘛。村里人认为你们能到这里来，是一种吉兆呢！"

说完这话，老大似乎想起了什么，诚恳地说："导演，我有一句话要对你说，这搭景的材料，我就不一定全部来筹办了。但我绝对支持你们，需要我个人办的，我说啥也办，也希望你们多支持我。大伙都信你们，你们只要支持我了，我那挖矿的事也就顺利了。能不能在矿洞重新开挖的那天，你们到那里去助助兴？"

导演说："哈，你是要借东风啊！我第一次见你，你憨憨愣愣的，谁知你还这么鬼精灵啊！"说得老大极不好意思。导演就拍着他的肩头说："没问题，到时候你随叫随到，一切由你安排！"

矿洞很快修复好了，买拖拉机的事，老大又亲自去县城一趟，订了货，苦恼的是还缺五百元钱。兄妹俩在家计算来，计算去，想不出个好主意，小梅就私自去采景组那儿，要求给人家做饭。导演很喜欢小梅的脾性，满口应允，月薪可付四十元。小梅从此就勤勤恳恳为采景组服务，人越发收拾得干净体面。每顿饭熟后，她一碗一碗端给大家，然后又回去给两个哥哥做饭、洗衣、收拾屋子。导演要留她一块儿吃，她总是抿嘴笑笑，说她吃惯了粗茶淡饭，油水大的倒觉得不饱肚。在这期间，老二也常常来，来了就带了阿黄。阿黄最贱，喜欢和那些演员一起戏弄，让干什么就干什么，少不得陪演员去河边钓鱼，掀石头捉螃蟹，自己用嘴叼了鱼罐儿回来。生杀这些河中游物，小梅不忍心，按导演的说法，将螃蟹在笼里蒸了，将鳖囫囵丢在滚水锅里，锅盖上压了石头，她就远远背过身，不敢听那锅里的动静。进餐了，城里人吃肉，阿黄嚼骨头，小梅还是不忍看。导演就说："小梅是大善人了！"小梅说："你们城里人什么都吃呀！"导演瞧她神情有趣，就说："小梅，将来电影开拍了，你也上一个角色吧！"小梅忙摇手说："导演作践人了，我能拍了电影？那丑死了！"说着，害羞地跑到河边去，却心想：咱这一辈子活得也太可怜！瞧人家那些女演员，吃得好，穿得鲜，人样儿也嫩皮细肉，又上电影，那才不算白活了一场啊！这个时候，她就想起了光大那粗糙的长满胡茬的大脸，心里阴下来，拿石子直砸水面。

小梅将预先领回的月薪交给大哥。老大他们又挖了许多矿，矿却无法运出去，为筹最后一笔拖拉机钱急得上了火，她就说："能不能去给导演说说，我一次领四五个月的工资？"老大说："那怎么开口？人家已经对咱够意思了，再不要使人家为难。再说，那也不够呀！"小梅苦得没了主意可想。

这天，做好了饭，左右看看没人，她偷偷从烛台峰后坡上去。到了那片竹林里，一看着远处那庵房，心里就阵阵发紧，犹豫了好一阵，最后还是在泉水里洗了脸，理了理头发，心里说："甭慌，甭慌。"向庵房走去。走一步，左右看一下，脚下就高一步低一步地别扭。立在庵房前二丈远了，假装咳嗽，但庵房里寂无反应。一进去，见光大没在，小梅的心倒一下子放松了。庵里乱极了，被子、衣服胡乱堆着，枕头是一块光溜溜的石头，一双草鞋泥巴糊着塞在床铺下，满庵的烟味、酒气。那块麝皮，还挂在那里，而那枕头上、被褥上，却落了许多麝毛。小梅唰地头大起来，第一次在这里见到光大的情景浮在眼前，浑身不自在地抖了一下。突然，庵里的光线暗了，她一抬头，光大站在门口，一只手提着枪，一只手直直垂着，木呆呆地站在那里。

小梅本能地站起来，收缩着身子，说："你回来了。"脸烧得发烫。

光大也连忙笑着说："是小梅来了！"

俩人就再无话，难堪地对视着。

小梅吃惊的是光大竟这么老实了，完全不像第一次那么粗野蛮横。她说："你坐呀！"光大说："我不累。"她就忍不住扑哧笑了，说："你现在学得不像以前了！"光大就坐下来，眼睛直直地看着她，手脚却不敢动，感激地说："小梅，你还到我这里来……"小梅说："我哪儿不该去？都什么时候了，你还常住在这里，你这是过野人生活呀！"光大说："这儿打兔子方便，你去我家见到那些貂了吗？貂都长大了。云云说，你去电影厂那儿做饭，我去了几次，不敢进去叫你。"小梅说："你怕啥哩？"光大说："人家都是些什么人，我能进去？要让人家知道我是找你的，人家会下瞧你哩。"小梅心头一跳，倒被这话感动了，没想到这粗人还有这般细心处，自己就肚子肠子都软了，嘴上却说："你还讲究打狼打麝的？！"

光大见小梅好语待他，便又狂起来，搓起手，脸上显出一种欲望极强的神色，说："小梅，你是让我去找你吗？我不会对你怎么样，我能抗住，我知道性急吃不了热豆腐的，馍不吃会在笼里放着的。"小梅倒生了气："屁话！我今日来找你，要给你说一件事的！"光大忙说："你说，你说。"小梅说："你要真心学得让别人看得起你，你也该像我大哥那样，去挖矿嘛！现在二哥和光小也在挖矿，挖矿不比你长年蹲在这儿强？"光大说："你大哥能看上我？再说，我还要养貂呀！"小梅说："我大哥他们想买拖拉机运矿，手里紧张，这拖拉机买不来，矿不能及时运出去，就赚不了大钱。村里人也不来挖，别人就更给咱两家生是非。你要真心待我好，就顾顾咱们的大事，你把那貂卖了，钱先借给大哥。你愿意不愿意？"

光大的脑袋一下子沉了，思想了半天，说："要是卖了貂，那我还干什么呀？"小梅说："我不是叫你去挖矿吗？"光大就说："行，小梅，我听你的。但你也要听我的，你把这麝皮拿着吧。人家订婚都送银镯子，我没有，我送你这麝皮，你不会嫌弃吧？"

小梅把麝皮接在了手里。

四

拖拉机买了回来，张老大就在村里公开讲明：谁要挖下矿，由他负责往县上去卖。好多人家心又动起来，却疑惑地说："现在不会再出什么事了吧，山上那麝还在呀，我家的一只羊昨晚又被麝咬死了！"老大说："还能出什么事？麝就算是灾星吧，可电影厂的人来了，电影厂是拍电影的，神鬼敢撞吗？"

这天，没风没雾的，天空朗朗光明，张、孙两家人像过节一样，头明搭早起来就到矿洞去。老大提了十板响炮，又将河南那边的一个自乐班子请来，在村里大造声势，说是要在矿洞"红场子"哩。

"红场子"是这里的风俗，即轰赶阴鬼霉气。谁家要住进新屋，或是觉得旧屋不安生，就要请人来敲锣打鼓，放鞭鸣炮，闹闹哄哄一场。村人听说要给矿洞"红场子"，就都赶来看热闹，采景组的人也全来了。老大在矿洞口摆了三张桌子，桌桌烧了香火，放了核桃、葡萄、水梨，再是三坛苞谷陈酒。导演和演员们全被请坐了上席，然后每一个进洞子的人就脱了外衣，用锅煤黑、桃红色研成水，在背上、肚皮上画了青龙、玄虎、朱雀，额头上又画了太阳、月亮，再用红布包了头，紧了腰带，列队进去。立即，洞内一人呐喊，十人呐喊，喊的字句不清，其实也没有字句，一尽声嘶力竭。待到喊到高潮时，锣鼓大作，唢呐齐鸣，那鞭炮就哔哔叭叭如炒豆一般。这时就见硝烟从洞口喷出来，声浪从洞口涌出来，小伙娃娃们就往洞里一窝蜂地钻，媳妇女子们却全捂了耳朵往后退，退不及，跌倒了，就有一只红鞋被人拾起，"日"的一声从人头上飞过，落到场圈外去了。如此闹了半个时辰，鞭炮停止，"红场子"的人又列队出洞，每个人如打过一场大仗似的，满头炮屑，一脸的烟灰，那汗水从脊梁上、肚皮上流下来，龙、虎、朱雀的图案就模糊不清了。而那些看热闹的人此时却都拥上去，抢夺"红场子"人头上、身上的红布，你撕我夺，人人手里便都获得了一小块。这红布被看作吉祥之物，说是做了腰带系上，可避灾消难，永保安康的。云云也就在混乱中抢了一截，当下撕成丝絮，用手合了劲，搓成极细的一条裤带，悄悄塞给老大。老大笑笑，又塞过来，低声说："你系上吧，系上了咱仨人都有了安康！"羞得云云一指头戳在老大额上，自己却不自觉地拉了拉衣襟。老大就跳过去，在更紧的锣鼓唢呐声中，捧了酒碗，一腿跪着，一腿屈着，将酒洒在洞口。然后立起来，再倒满酒，先敬导演，再敬演员，再是人人喝一口，余下的自己就一仰脖子咕噜噜喝尽。最后，把酒碗摔在地上，裂为八片。

这锣鼓鞭炮，震响了四峰，山上的兔子就惊慌失措，满山跑动。雄麝正在天峰古堡里晒太阳，猛然听到了，着实吓了一跳，趴在古堡枪眼处往下看，见矿洞口聚了黑压压一片人，不明白那里在干什么，怀疑人是否要来搜山，立即想起石洞里的雌麝，忙就往回跑。

多少天来，雌麝总是不思饮食，浑身发软，它认定这是病了。雄麝天天出来采药，却不知道采什么药好，记得母亲在世的时候，说是有一种草，叫崩崩芽的，味清苦，专长在阴崖的石缝里的，它找了几天，均未找见。这阵，昏昏沉沉待在石洞里的雌麝也听到了山下的动静，又惊又怕，不时探出头来看望未归的雄麝，后就一阵晕眩迷糊过去。

雄麝回来了，将雌麝摇醒，说了自己的怀疑，两只麝做好了应战准备。但人终没有上来。它们再也坚持不住，就靠在那里睡着了。天亮的时候，雌麝突然觉得肚子饿得厉害，它叫醒了雄麝。雄麝就一下子跳将起来，再也不肯听从雌麝的劝告，执意跑出洞去，为雌麝，也为自己的后代寻找食物去了。

这只雄麝，兴许是想到自己将要有一个后代，太兴奋了，胆子也大了十分。它跑到了天峰古堡，又跑到了峰下的沟畔，趴在栲树林里往远远的矿洞方向窥探。矿洞里出出进进好多人，进去的皆扛了小镢、钢钎，出来的又都背了筐子和口袋，腰弯弯的，将一筐一袋的矿石倒在洞口，那里已是一堆一堆的了。后来，就有人吵了起来，是一个老头和两个小伙。小伙在骂："你来干什么？你不怕麝咬死你吗？你不怕灾星降在你头上吗？"老头说："山是国家的，矿是国家的，人人有份！"小伙就说："那你到别处去挖吧！"接着喊了一声："阿黄，上！"一只狗就扑过去，老头退不及，倒在地上。一个老太婆大叫道：

"要打出人命了！老二，光小，我男人告了你们赌钱，你们就这么欺负他呀！"洞里立即跑出一个人来，大声训斥小伙。小伙说："大哥，什么人都可以来挖矿，就是不能让他家挖！"那人说："他不是人？不是村里人？我请了他来的！导演已经和他说好，还让他演电影哩。人家城里人能叫他，咱就不容人了？！"麝自然听不懂人话的，雄麝听了一阵觉得没意思，就又跑到别处寻食去了。

五

鄂豫陕三省交界处的四座山峰，采景组上去了三个，一一拍摄了古堡的不同角度，独独未上烛台峰。导演的安排是：最后上烛台峰，然后留下四个演员继续深入生活外，其余的人都撤回城市，做整个摄制组来开拍的准备。前三天，导演托付老大如何安排演员，还请老大把新搭的半坡上的一院房子，最后抹上墙泥。又和老大商量，要以二十元钱买走他的阿黄，因为所拍的电影里，是有一条狗的，必须从现在起，由演员来饲养，培养与狗的感情。老二似乎有些不舍，导演又要加价，老大说："一条狗能值多少钱！让阿黄上电影，也是它的福分，还掏什么钱呀！"老二也就说："我一分钱也不要，只是电影拍完，把阿黄还给我就是了。"从此，狗的脖子上就系了一条绳，拴在了演员宿舍里，出出进进，跟着演员身前马后。

阿黄跟了演员，它也是一名"演员"了。白日演员吃什么，它就吃什么；夜里演员睡在床上，它就卧其床下。这走狗也知趣，百般随从演员人意，扑翻滚趴，有时样子凶煞，猛地咬着演员的手，手在嘴里了，却像含了一块糖。到后来，伙食竟比演员水平高，演员一天八角钱，它则一元二，顿顿有肉啃。只是野性毕竟未能改尽，正啃肉骨头，一听到谁家媳妇叫唤"吱吱吱——吱！——"就四蹄捉对儿跑去，伸了长长的舌头舔吃孩子厕下的屎。更甚的是傍晚，那些母狗们在远处的河湾一叫，它就窜去，于乱石后交接一起，棒打也不分散。

这天，采景组全体上了烛台峰，阿黄也厮跟了去。一路上孩子们见了，就叫："阿黄，阿黄！"阿黄仗人势，张牙舞爪，孩子们不敢打，只有跑，躲到了峰下牛磨子的院里。牛家的没尾巴的狗就扑出来，两犬相见，分外眼红，狗嘴里就咬了狗毛。演员喊着制止，狗战却不停息，牛家的狗就咬翻了阿黄。导演瞧见牛磨子坐在中堂往外看，却是不理，就叫了他几声。牛磨子出来了，似乎很生气地吆喝了自家的狗，说："是导演呀，真是瞎狗咬了吕洞宾！导演，你们大人大量，不会生我的气吧？我这狗以为阿黄还是老大家的，它哪里知道阿黄也攀了高枝呢！"导演已经极讨厌这人，又极喜欢这人，因为他的影片中有一个角色正类此，而苦于寻不下演员，所以脸面上并不伤其和气，当下说："今日你没去挖矿呀？"牛磨子说："我比不得那些人，都是狼一样地在里边挖！唉，现在这人心呀，谁能发财谁就发财，咱这困难户也没人管了！"那没尾巴的狗就卧在他两腿之间，还不停地朝一边吼。牛磨子又看着阿黄说："这狗是老二卖给你们了？"导演说："现在是要做'演员'的。"牛磨子就问："听说是二十元的价？电影厂有钱，可一条狗也值得向你们开这么大的口啊！"导演解释道："哪里，是他们借给使用的。"原队长噎了半日才说："啊，那好，狗体面了，狗主人也体面了！导演，要是演凶狗的，我这狗也可以借你们的！"导演笑而谢绝，看着天色不早，停止了搭话，一路往峰上去了。

峰上来人很少，已经深秋，到处的树叶都红了，在一丛丛红叶之间，突兀兀就冒出一权枯枝。那些叫不上名的紫叶藤条从石崖上爬去，纵横在古堡墙上，密如铁丝大网。秃头的老鹰就缩头呆脑于古堡女墙之上，偶尔一声怪叫。一行人款款到了古堡门洞，导演大发感慨："好去处！第三场戏就应该在这里拍了！"恰洞口正站了一妇女，痴呆呆不解导演言辞，所带的一只小母狗聪慧可人，偎在妇女身下，阿黄立即近去，在小母狗屁股处连闻带舔，丑态百出。演员骂道："阿黄，你又要犯错误吗？"

阿黄不理，和小母狗竟往道观后院跑去。演员就说："这阿黄要是人，牢房里都蹲了好几回了！"

一行人进了道观院，端详了各处风景，未见一个香客，亦未见一个道人。导演拍照了九仙树，转入观后，是一庭幽静小院。但见后厢房木格花窗高撑，里面坐三个小道，长发披肩，面目肮脏。对面则坐一老翁，青衣长袍，发束顶上，正讲授着什么。导演便生雅兴，挪脚过去，隐身在一棵紫丁香树之后细听。那老翁说道："当年秦孝公起用了鞅后，准备变法，又害怕天下议论，鞅便说：'没有坚定的行为，就搞不出什么名堂，没有明确的措施，就建不成什么功业，行事过人的人，本来是被世俗所非难的，思虑独到的人，必被一般人所讥毁的，蠢笨之人对已成之局尚不能了了，聪明之人却在事端尚未发露便能觉察到了。天下的人不能与其商量新事物的创造，只能安享现成的事物，所以，讲究大道理、大原则的，不能迎合旧习俗啊！'孝公就同意了他的看法，但朝廷大臣们却有持反对意见的，说不能变更民俗而另施教化，不能悉改成法而更求致治之方，而只能顺民之俗而利导，以现成的成法来处理事务，这样，官吏们也习惯，百姓也安妥。鞅便说：'这种见解，真好像陷在了深渊之中，局限了自己的见闻，以此循规蹈矩之言，哪里配得上谈论常法之外的制法原则？试想，夏朝、商朝、周朝三代兴盛，沿袭的是前世的礼法吗？齐桓、晋文、宋襄、秦穆、楚庄五个君主，各人使用的策略是一样的吗？贤智之人制作礼法，而愚蠢之人只能奉行遵守，如果拘牵旧制，使新事就不能推行。'如此争论不休，最后秦孝公支持了鞅，封他做左庶长，颁布了变更旧法的新令。"

导演听此翁讲出这番古今，知道是《史记·商君列传》上的事，想这一定是观中道长。难得一个道人懂得这么多知识，又亲自讲给小徒！就站起来，靠近些要继续听下去。那道长却不讲了，仰起头，迎着走了出来，双目尖锐，宛若仙人，拱手问道："你们……"导演忙说："我们是电影厂的，要在这一带拍摄电影，来看看的。"道长便说："哦，是电影厂的，早听说了，你是和导演吧，山人失迎了！"导演说："我姓和，名谷。常听村人讲起您，果然清目仙骨！听道长刚才在讲授《史记·商君列传》，道长怎么也授这部书呀？"道长说："不瞒导演，山人平日除习道家经文外，也喜欢读些别的书，身在商州地面，不知道商州先人之事，也是说不过去的事啊！"导演说："道长真是学问高深，这类书现在城里也极少有人读得懂。历史是很奇怪的，常常有惊人的相似，懂得历史，可以洞明当今好多世事，可惜知道这一层的人是太少了。"道长说："导演也算是无所不知的啊！商君此人可谓英武，他入秦游说，与廷臣争辩，行变法之事，件件令后人高山仰止，山人时时吟读，愈读愈有感慨，启迪多少胆、识、才、学！"双方相互恭维，相互谦虚，之后就在一石条上坐定。道长唤小道挑山泉煮茗。那茶是山中自采，却万般清心，一杯下肚，胁下津津生了凉气。道长又续了二遍水，有演员便出去唤阿黄，明明见阿黄在远处与小母狗调戏，却千唤万唤不肯来。演员便对导演说："阿黄德行不改，既然这般爱恋小母狗，咱就买了那小母狗，也好管制阿黄，免得村里那些坏狗来干扰它。"导演说："你们看着办吧。"演员就过去同那妇女交涉，妇女问肯出多少钱，回说：五元。妇女不肯，说："我知道你们是电影厂的人，有的是公家钱，五元钱能拿出手吗？"演员说："十元。涨了一倍，还不行吗？"妇女就笑了说："十元是可以。但我这小母狗是我小儿的宠物，他爱得上了命，起名叫'爱爱'，卖了它，小儿是不依的，我得好好劝他呀，你们就掏十二元吧。整数都掏了，还在乎零头吗？"演员当下就掏了十二元。妇女一声"爱爱"，小母狗跑过来，她抱了交给演员，就突然闪过身急急下山而去。道长看了，那头就微微摇动，欲言却又止，低头吹起杯中的茶来。

日过午后，导演一行与道长辞别下峰，阿黄还是叫不来，演员就抱了小母狗走去。小母狗一叫，阿黄如风如电追了下来。惹得导演说："导了十多部片子，演员里边还没有像阿黄这么高待遇的，它要拍戏，就得给它找一个老婆！"说得众人很笑了一阵。

第五章

一

收罢秋，山瘦，河肥，村子在涨起来，巷道却窄下去。家家门前的树上、院墙上、屋檐下全挂满了苞谷棒子；辣子很长，用麻线儿串了，顺檐下的椽头往下吊；烟叶则人字形地用草辫住，于山墙"吉"字眼下一道一道横挂；黄豆、黑豆、芸豆、小豆在场院里、巷道里曝晒，天不亮人就起来占地方，寸土必争，互不相让。人人吃了几顿嫩苞谷做成的浆粑馍，吃了几顿菜豆腐米粥，秋收的疲累便消退了。女人们就将一盆一盆的黑豆用温水浸了，盛进木桶，提放到河湾流动的水里，去生芽菜。芽菜长得极快，少半桶豆子长到桶梁高，女人们便去收捡，隔河拉着话，那边说："昨日夜里，老大没到你们家去收买鸡蛋吗？"这边说："收买鸡蛋？他日子真是过红了，精壮小伙倒要吃鸡蛋？"那边说："你真傻！他是给云云吃的，你没见云云那腰身，多笨！"这边说："你是说……"那边就挤眉弄眼，手一摆一摆的："丑死啦，丑死啦，种起回茬庄稼啦！"这边的就好大兴趣，说："我说哩，前几日见老大从镇上买了几刀软纸，以为人家是糊窗子的，到云云家去却见丢在茅坑里！身子不干不净地养个野种，倒不用棉花套子，用那么好的纸！"隔河两厢就尽吐唾沫，乜斜了眼往远远的云云家门前瞅。云云正坐在门前树下，身子是笨拙了许多，用柿饼旋刀架子旋夹黄柿子，一手摇着架子把，一手按了刀子，那柿皮就抽卷尺一般出来，然后晾在树上的竹竿上。她没有听见河边的议论，抬头见收豆芽菜的女人过来了，热乎乎地问："忙清了，没去挖矿吗？"女人说："没有。"眼睛却盯着她的肚子，又看见了场院角落倒的鸡蛋皮，说道："云云，这忙天你倒没瘦，发福了哩！"云云甚惊，就不敢站起来。那女人却又叫道："哎呀，云云，你脸上怎的有了蝴蝶斑了？"

云云窘极，说："是没睡好吧。"女人就说："还没睡好?！"又笑了那么一声，摇摇摆摆地走了。

女人的一声怪笑，使云云满面羞愧，回到屋里说给奶，奶说："丢人倒是丢人，可反正是这样，让人家有嘴就说去！大男大女的，干柴见不得火的，娃娃是坐在腿面上的，一挨就有了。"云云说："奶，我可受不了这唾沫星子啊！"奶就说："那韩家的女人还有脸说你? 她家的婆婆偷汉子，偷得好凶，那年月她公公当脚夫去河南南阳担水烟，去了一年，回来媳妇肚子大了，生下娃娃还不知道是姓王姓李哩！你现是张家的人了，怀的是张家的身子，你怕谁说的? 我给你问问老大的爹娘，他们是不能没个主意的！"云云见奶的话又说得阴差阳错，就不言语，坐到屋后的阳沟畔去哭。

过了几日，奶夜里让云云和她睡，已经睡下了，却说："云云，这几夜老大爹娘就在我这儿坐着，我说你的事，他们好不喜欢呢，说你要生的是个男娃，万万让你不要害了。我就说：云云脸皮薄，总不能把娃娃生在娘家

110

里。你婆婆就说了：那让老大和云云趁早结婚吧。你婆婆这主意对呀！"云云赶忙穿了衣服，要到她的卧屋去睡。

奶问："这为啥？"云云说："老大的爹娘死了多少年了，你总是说他们，我怕哩！"回到自己炕上，心里怨奶老糊涂了，自己不该把这事说给她。迷迷糊糊睡到半夜，却又醒来，琢磨奶的话也有几分道理，就拿了主意：什么时候找老大商量，真的提前把婚结了也好。

老大却总是忙得在家落不住脚，矿洞的主道两边，支洞挖了一个又一个，家家都有，谁开的支洞谁采矿。一家挖得多了，家家都憋着劲比试，矿就在洞外堆了许多。老大买了许多书读，懂得了一些挖矿的知识，就一天三晌到各个支洞去察看，指点哪儿有矿，哪儿的矿如何挖，而绝对要求挖进一段就架设支架，没有他同意，不能随便乱挖。又买了一批安全帽，转卖给大家，但凡进洞就要戴上。每隔两三天，自己就开着手扶拖拉机去县城交货。先头，他去交矿，并不要报酬的，只收取柴油费。各家则以麻袋装矿，袋上写上各自名姓，回来一一清账。锑矿运交了几次，乡上税务所的人来了，后来县矿山管理局的也来了，公路管理站的也来了，他们漫天收钱，言辞蛮横。挖矿的人同他们争吵，吵不过，又不敢打，寻着老大叫苦不迭。老大交涉过几次，也便聪明起来，这些收税的人一来，就请到家中，笑脸相赔，敬好烟好酒，再是请吃，七碟八碗，吃三喝四，吃得酒醉后，这些人什么话也可说得，什么事也可做得，税款便如如实实来收，且说："政策嘛，政策就是个红薯，人情就是火，火大了红薯就是软的，火小了红薯就是硬的！"如此吃过一次，就有两次三次，每每吃客走罢，老二就说："大哥，这又是何苦？人家都在挖矿，咱管运输交矿，你不说要报酬，怎么没一个人说亏了你，要给你报酬？这些收税的人又是没底坑，咱请吃请喝的，这么下去，咱倒谁家的日子也不如了！"

老大说："这我知道。开头嘛，让村里人都得些实利，时间一长，他们难道还能老让咱白跑路白花销吗？人都是有良心的，现在不是没几个人说咱的不是吗？"

云云明白老大的苦心，也便没有提起早早结婚之事。再置衣服，就放大尺寸，做得又宽又长，若要出门，自己给自己壮胆："怕啥？怕啥？"遇着那些碎嘴女人了，偏走来走去，面不改色心不跳。

老大一如既往地检查安全，运交矿石，接待收税的干部，村人却没有一个提出补他的损失，似乎觉得这倒是应该的。甚至在交完矿石回来清账时，有人还怀疑起他的矿石斤数符不符，说："这才怪了，老大没有从中得利的话，他能这么傻？"这一来，老大着实生了气。从此变了主意，在村口设了一个收矿点，凡是挖矿的，挖了皆一律背来过秤：县矿产公司一斤三毛五，他收价一斤三毛，当场清账，分文不欠。

挖矿的现场得现钱，人就挖得红了眼。那些光棍男人每每进洞就要喊："走，挖媳妇去！"果然不长时间，有人就拿了一沓沓钱去找吉琳娘，好说歹说求她去南北二山找适合的女子；有的开始买砖买瓦，准备石板房换青堂瓦舍。人有了钱，便口大气粗，几家夫妻和好，婆媳亲密，几家则打打闹闹，日娘骂老子；许多男人的地位大为提高，回家来仰面躺在炕上，呼妻唤女，端饭递茶，开口闭口："老子养活了你们这些瞎猪！"老大坐镇收矿后，云云就来帮着过秤、付款，笨手笨脚地不敢出猛力。剃头匠就又一次将剃头担子丢在了楼上，来帮女婿。一家人账上却分明，钱一律放在一个匣里，谁也不动一分。晚上，一个用算盘，一个用苞谷，一个扳指头，三宗账目投合。云云把自己的一份用麻绳扎了藏在箱底，却常常抽出一张两张给奶。奶攒了钱，没有去买衣裳，却硬要剃头匠去镇上买了烧纸，化在中堂脚底，说是云云爷爷来了，要给他些钱；说是云云的娘、老大的娘也来了，要给她们些钱，强调"不能有了钱，就忘记先人的阴德呀"！

　　牛磨子挖了几日矿，病就犯了，脸色蜡黄，脚手发烧，让中医先生看了，说是要足够地休息，"人卧血归于肝"，肝血得养，万不得生气，"气盛伤肝"。牛磨子就赶了老婆、儿子、儿媳去挖。儿子小，娶的媳妇比自己大五岁，人称"媳妇姐"。"媳妇姐"是东山老林人，极丑，亦无比窝囊。挖了一段时间，正处月经期，血水下

114

流，以布缝的带子里装了干草灰用，加上洞里潮湿，便害了一场病，日益沉重，竟睡倒了。牛磨子就疑心撞了怪处，请阴阳师来禳治，果然说是阴鬼作祟。牛磨子就问："是洞里阴鬼，还是山上野鬼？"阴阳师倒问："这洞里出过事，听说'红场子'了；那山上有过什么？"牛磨子说："山上有过麝，是怪麝，明明打死了，却偏偏又有了一个。"阴阳师也就肯定道："那这必是野鬼了！"设了法坛，跳神捉鬼一番，说是一年之内，需万分小心。十天后他再来看，若是病情不减，就只好另请高明了。十日后，阴阳师再来，察看房宅前后左右，突然指一棵槐树说："好了，病转了！"众人见那槐树身上有一个大疙瘩，皆不能解。阴阳师说道："这本是要病人肚子里生个瘤子的，禳治后，这瘤子才转移到了这棵树上。"说得牛磨子面如土色，心服口服。

牛磨子牢记着阴阳师的话，不敢让家人再去挖矿。而每每见别人得了钱财，又忘却中医先生的嘱咐，气得肚子鼓鼓发胀，就四处游说阴阳师的灵验，说儿媳妇的病就是挖矿所致。但人们却不信了，说："麝要是凶兆，拍电影的怎么能来呢？洞一重开，不是都发了财吗？"牛磨子说："都发财了？你能发多少钱？怎么不去照镜子看看，人都成了黑龙王了不是？"人问此话怎讲，他便发挥起来："知道吗，老大力不出，汗不流，光在那里收矿，硬要赚多大的利？挖矿发财，他那么能的人，为啥不挖？这不明明是在想法子剥削村人嘛！"这话毒大，好多人犯了心病，又说起老大的奸能了。

老大先并不理会这话，他确实赚了好多钱，家里置了一些家具，又给小梅买了三身新衣，也给云云从头到脚换了装。姑嫂俩原本俊俏，马备了新鞍，越发出众，那四个演员也说："小梅和云云差不多是城里人了！"女孩儿讲穿不讲吃，有了新衣，走得到人前去，人就活跃了许多。云云竟哪儿都敢去，去洞里给光大、光小送饭，鞋袜上沾了土，使劲拍打；去收矿处过秤，用花手帕擦汗；后来跟老大的拖拉机去了几趟县城，脚上竟穿了皮鞋。村人就说："瞧，钱把人家装扮成洋娃娃了！怎么这样有钱呀？"云云听见了，说："咱是赚一个花一个，你们钱放在家里要生儿子嘛！"旁人就说："我们哪有你们钱多，你们伸个小拇指头，比过我们腰了！"云云说："还不都是一样挣来的？我们又不是偷的抢的！"回答就是："你们是矿山主嘛，是大老板嘛！"气得云云回来发恨。老大说："人家说着取乐哩！"并不在意。

二

阴历十月初，摄制组全体人马到来。

摄制组带有发电机，突突突发动了，就有了电，发亮光。村里人都听说过这玩意儿，见过的却少，连奶也让人扶了去看。为了感谢在选景和搭景中村里人的支持，更为了以后摄制工作顺利进行，摄制组专接了一条线给村里。导演对老大说："本想让村人家家拉上电灯使用，可电力不行。你是否去买一台电磨机，大家就不用抱磨棍去

117

推石磨，可以多出劳力来挖矿了。一台电磨机三四百元，若一时拿不出，我们可以先借你一笔，磨子一转，钱很快就回来了的。"老大说："现在不比以前了，三四百元是能拿得出的。"就在送矿时，顺便买回了电磨机。电磨机一开，家家都来磨粮，无一人不说摄制组的好。

老大便对光大说："摄制组对咱们这么好，人家四十多人住在这儿，咱也得有个表示呀！我思谋了，给人家吃什么好的，咱也没有，城里人好东好西吃惯了；要不就稀罕野味，你这几日就不要挖矿了，出去打打野物，咱招待人家一顿野味宴！"光大比老大大两岁，自订了小梅婚事，就一直口甜着叫老大为哥，当下喜不自禁，说："哥，这没问题，好长时间没打猎了，手都发痒了！"光大就背了枪上山寻找目标，果然第一天就获得三只兔子。小梅在摄制组做饭，将光大打猎的事告知了演员，皆大欢喜，小梅也就时时支着耳朵听山上的动静。枪声不太响的时候，她就说这一定是野兔，或是一只山鸡；枪声大响的才可能是山羊什么的。因为遇见大野物，那药就装得多，又要在药里下了铁条。她盼着光大能打个大野物，也可显显他的本事；可是她又担心遇见大野物了，一个人能否对付得了；光大是笨人，他比大哥有力气，有蛮劲，却少了大哥的灵性！小梅正忐忑不安，就听到天峰古堡方向，传来沉重的一声枪响。矿洞里的人听见了，跑出来观看；摄制组的人也听见了，跑出来观看。小梅跑在最前边，心里又喜又急，不知道到底打着了什么，打死了没打死。

蓦地，古堡上传来光大歇斯底里的喊声："打中了，又打中了！我把麝打死了！是个雄麝，雄麝！麝全让我打死了！"

山下听说又打死了麝，先是惊疑，几乎人人都反应不过来。山洼里死一般的寂静。几分钟过后，腾起一片欢呼。导演说："是雄麝？雄麝不是有麝香吗？"立即有十多个男女演员往天峰山跑去。小梅跑得最快，结果被石头绊倒了，滚在草窝里，再也没了一丝力气，笑着，无声，笑纹却满脸纵横。

山上的光大，狂呼之后，也被自己的胜利所惊倒，他站在死麝的面前，呆呆地看了一会儿，突然双腿就跪下去，挥了双手打着麝，叫道："你怎么死了？你厉害嘛！你再来嘛！你怎么就死了？！"倒在麝的旁边，沾了一身的血，热泪长流。早晨，到了古堡，接连打中了一只野兔和一只山鸡。山鸡的尾巴二尺余长，五种颜色，他拔下了，一一别在自己的后领上，说："这是我小梅的，谁也不给，导演要也不给！"正要下山，突然脚下一块小石头踏滑了，咕咚咚滚下来，滚在一个土畔上。他骂了几声，刚刚爬起来，却发现一只麝从那边草窝一露头，立即就不见了。他愣了一下，不由啊地叫了一声，便顾不及野兔和山鸡，提了枪猫腰过来，躲在草中装好了药，所有的药全装进去，又下了一根铁条。

这便是雄麝。

雌麝的肚子一天天大起来，雄麝就更没黑没明地寻食物。山下的人忙着在矿洞挖矿，它高兴没有人上山来干扰它。但是，它太大意了。今早从石洞出来，本不准备到沟里去的，却贪恋了沟里那一潭清水，去喝了一顿。喝了

120

清水立即回来也不要紧，偏喝了水又想着洞里的雌麝，就又找了一节竹管盛了水叼上来。叼了一竹管水赶紧回来也罢，它却嫌这水太少，想起后山一所独屋的窗台上，有一个盛水的葫芦，便又跑到那里偷偷叼去，装了水往石洞走。偏偏就在草窝，碰见了光大，仇敌相见，分外眼红。光大认得它就是第二个出现的凶兆怪麝；它也认出这就是杀了母亲的那个凶手。但如果此时雄麝丢了水葫芦从那边峭崖上爬过，光大无论如何不能过来，又不易发现它，但是它舍不得丢下水葫芦，它没有走那峭崖，却沿了一片梢树林子跑，结果光大开枪了……

　　光大背着死麝走下山来，演员们就围住了。他脸上放着亮光，得意地叙说打麝的经过。末了用手搓鼻子，红血就涂了一脸，说道："麝全叫我打死了！人都说麝是灾物，给这里带来了祸害，现在嘛，全叫我孙光大打死了！"他嘿嘿笑一阵，说一阵，身后就有一个演员趁他不注意，用小刀割去了麝的生殖器，朝别的演员一挤眼，几个人跑过山脚，先回到摄制组驻地去了。这演员就找着导演说："导演，麝香是珍贵药材，不好弄的，我们把这宝贝割回来。你不是有关节炎吗？听说麝香和当归泡酒喝可以治的！"导演黑了脸唬道："胡来！光大是烈性人，你们惹他动了火，小心他揍你们！"

这光大背了麝进村，村人皆视为英雄，团团围了看他将麝的后腿拴了，倒吊在树上剥皮开膛。小梅就站在那里，手里握着光大给她的山鸡尾巴，几分羞怯，几分喜悦。待到光大磨好刀，脱了上衣，去抓那麝头，骂一声："狗日的眼睛还瞪着！"一刀将眼珠挑下来用脚踩了，小梅"呀"地叫着，双手就捂了脸不敢看。这时导演来了，手里拿着那只麝的生殖器，说："光大，实在对不起，几个演员偷偷割了麝香，我批评了他们。现在，我把这东西送回来，希望你能原谅！"光大吃惊不小，忙去看麝的身下，才发现麝果真没了生殖器，就嘎嘎嘎大笑，笑得导演丈二和尚摸不着头脑。光大说："你们城里人弄错了！人都说麝香是麝的那下贱东西，其实是在麝的肚脐眼里！"导演听了，恍然大悟，也笑得前仰后合，就大声喊："阿黄，阿黄！"阿黄从人群外挤进来，导演将手中的恶心臭肉扔给狗。阿黄叼了，幸福地在空中腾一个跃子，一溜烟飞跑去找他的小"爱爱"了。

三

野味宴是在第二天早上办的，城里人吃得嘴脸油光，浑身来劲。饭后，第一个镜头就在山洼里正式开拍。村人倾巢而出，沿拍摄点的北面土坡上，层层而坐。从上往下看，颗颗人头，光头的便知是男人，女人头上则有油的抹油，无油的淋水，梳得紧紧溜溜光光洁洁。从下往上看，一满人脚，各式鞋样，唯一的三寸金莲，是云云的奶。导演和摄影师不厌其烦地试看镜头，化装师忙着给演员现场化装。因为大多数演员要扮演土匪，有的头剃得青光，有的发乱如毡片。化装师就用一种黄土筛制的泥膏，在每一个肉脸上擦抹。然后，各条电线在地上拉动，照明的、录音的一阵忙乱，导演就高声对群众说："我们是同期录音，当我喊'预备开始'时，请都不要说话，咳嗽也不能咳嗽！"云云就对奶说："你要咳嗽了，就用手帕捂住嘴！"奶好紧张，却说："奶知道！"导演突然就喊了"预备开始"。那三四个土匪便从一边走过来，于草窝里横七竖八地坐了，拿酒来喝，拿鸡来啃。这时有孩子叫起来："喝的不是酒，是水！"这孩子说的是对的，因为他刚才看见演员用这罐子接了山泉水来的。但导演喊了一声："停！"周围的人就一起拿凶光看那孩子，孩子爹便扇了孩子一耳光，骂道："你不说，别人把你当哑巴了？那罐里要是真酒，一气喝那么多，那不喝死人吗？"这句话又惹得大家哄然大笑。剃头匠就对老母说："原来电影里的都是假的呀！"导演重新叫道："再来一遍！预备——开始！"土匪们走来，横七竖八坐下，取了酒罐喝酒，啃煮熟的鸡。导演又说："停！酒要从嘴边流出来，喝罢眼睛要发直！"后再是"预备——开始"，土匪走来，横七竖八，取了酒罐喝酒……但导演又是"停"，过

124

去指正吃鸡人的位置。如此反复七次八次，云云奶就受不了了，导演一喊"停"，就连声咳嗽，一喊"开始"，就拿手巾堵嘴，脖脸憋得乌青。导演还是"再来一遍"！云云奶就对儿说："拍电影怎么不好看呀，你背我回去吧。"剃头匠背娘归去，围观的人又坚持了半个小时，都有些不耐烦，就谈论起那演员们戴的礼帽，还有那些西服，那墨镜，那紧绷了屁股蛋的牛仔裤。后来又议论到那作废的胶卷，说到城里照相，二寸一张六七角，这一中午花去的有几十元、上百元吧。于是就听得有人大声说："嘻，咱辛辛苦苦挖十多天的矿，挣的钱不顶人家一袋烟工夫的废胶卷钱！"老大听罢，就说："少说话，甭影响了人家！"站在旁边的人不言语了。远处正飞奔而来的人却一边跑一边喊："快呀，看拍电影哟！"导演只好皱眉头，喊"停"！等那喊声停止，老大就过去，打老远做手势制止，竟来回跑得满头大汗。刚蹲在一边了，小路上就过来了村长，也蹲在老大身边，将自己嘴里叼着的旱烟袋连口水儿拔出递过，说："老大，今日不挖矿了？"

老大说："第一次拍电影，谁不来看看？"

村长问："这几天矿挖得多少？"

老大说："一天比一天多。"

村长就压低了声音说："老大，我没到矿上去，我不了解情况，挖矿是上边批准了的，这也是好事。可我听说你现在专在收矿，你一收一交，从中赚五六分钱？"老大点点头。

村长说："不知道这符合不符合政策？有人反映说你这是从中牟利，要做资本家了！"

老大开口骂道："这是谁他娘的说的？"村长说："你想想，我能给你说出名字吗？人家就说害怕打击报复哩！依我看，收矿这事你要慎重。我本来不管这事，可活该你我一个祖宗，要是万一犯了什么错误，就……"

老大说："我这样做对着哩，我要不收矿，白白以自己的拖拉机去给别人运矿，天底下是不会有第二个的。如果让每一个挖矿人都把矿驮到县上去交，我想那卖矿的收入还不够来回吃、住、路费钱！这事出了问题我负责！"

村长说："那好，这话可是你说的！"站起来就要走。老大却拉住说："还有一件事我正要找你的。"村长说："啥事？只要你看得起我，我好赖是村长，哪里能不帮你？"老大说："现村里差不多人家都去挖矿，我想，这种各自为政，毕竟也不是长法，咱能不能以村的名义给乡上打个报告，把全村人组织起来，统一安排生产？"村长叫道："你想搞集体企业？"老大说："这样好处多，一是有计划开采，二是能充分利用矿藏，三是也少了是是非非。乡里能派人来管理更好，若没人来咱可以牵这个头。国家看不上这矿藏，作为村企业，咱这村就可以是专业村了！"

村长却抓着脑袋为难了，说："老大呀，这我拿不准，这得请示乡里。我可以先汇报汇报，上边有这么个意思了，咱再打个正式报告。谁是矿长，谁是指导员，收多少人，开支多少，上缴多少利润，这事是十分复杂哩！"

老大只好不再说话，他走到人群中蹲下，默默看电影终于拍完土匪喝酒吃鸡的镜头，就帮摄制组背回器材。

导演叫他到宿舍拉话，他也所答非所问。导演说："你今日是怎么啦？蔫不塌塌的，别是和云云又闹什么气了？"老大说："不是。"导演说："那为了啥？"老大就将刚才和村长的谈话又叙述了一番，末了说："导演，你是城里人，走南走北见的世面广，你说，这人怎么这么难做？我老大把心掏出来，别人还说不红呀！"导演："你得记住，仅仅用钱，是不能维好人情的！至于统一组织管理挖矿，这路子对哩，这样不光是能多赚了钱，人的素质慢慢就起了变化，人变了，什么事都好办。若人老不变，即便是钱挣得金山银山，保不定倒会出了别的乱子！村长他拿不了事，吞吞吐吐的样子，怕也不会热心去干这事的，你何不亲自去跑跑？"老大说："这你不知道，乡上那两个正副乡长，是尿不到一个壶里去的。副的不服正的，正的要压副的。正乡长家在西边大青山住，那是上山碰鼻子、下山蹾尻子的穷地方，去年他想把家搬到这里来，给村长说好了，可群众会上一哇声反对，事情就吹了。我找他，他能不给我小鞋穿吗？让村长去，他能说上话的。"

导演说："那就去找副乡长嘛！"老大说："他两个争权夺利闹得那么僵，正乡长不给办，副的也怕是多一事不如少一事，能为咱惹正乡长的嫌吗？"导演一拍掌却叫道："这正好！"老大莫名其妙，问："怎么个好？"导演说："据我所知，现在无论到哪儿，几乎没有一个单位的领导是合心的。许多人争着当官是为了谋私利，但是，也有许多人，想办好事，可没有权也办不了。你不妨就利用一下正副乡长的矛盾，走夹缝路办你们该办的正经事吧。"老大说："你往明白说！"导演便说："副乡长对正乡长不满，正乡长又肯定不给你们办，你便寻副乡长，说明原委，那副的一定会支持你们。他或许不是真心，可他却会一个心眼想借你们的事来找正乡长不支持你们搞企业的岔子，趁机攻击正乡长。说不定这事倒真能成！"老大说："这样做是不是有些那个……"导演就笑了："现在你要办成事，也只有这么干了。若正正经经来，你去试吧，屁也干不成！"老大也觉此话有理，心里不得不佩服导演人情练达，世事洞明，就说："好，就这么办了！"

四

不出所料，村长三天后去乡上找正乡长，事情没有办成，倒在乡上喝醉了，沉睡一天，从床上跌下来划破了面皮。回村见到老大后，伤口粘了鸡毛，推说走夜路栽了，告诉说："乡长的意思是当今的政策变化极快，万事不要扑得太急，弄得不好易犯错误，还是安稳为好，以不变应万变嘛！"老大就去找副乡长，副乡长正打麻将，虽不为赌博，却输者头上顶臭鞋。副乡长达观异常，口称麻将面前人人平等，竟头上顶了面对而坐的一女人的方口带儿鞋。老大在旁说起自己的打算，他眼盯着牌，口里说："就你们村子事多！"甚是不快。老大就依计说出正乡长如何不同意，他们村人走投无路，才让他来寻找副乡长的。这一招果然奏效，副乡长推了麻将，假装弯腰在桌下拾取掉下的香烟，捏了那女人的光脚丫子，起身拉老大到旁边的房子细细问起情况。后说："好吧，上上下下都在改革，他姓马的居然敢这样压制群众创造性？！"就极快给县委写了一封反映信。几乎使老大没料到，也使副乡长没有料到，反映信竟很快批复下来，认为老大他们的想法是对的，乡里应大力支持，帮助他们把这个村的劳力组织起来，办好集体的企业。于是，副乡长来锑矿洞看过几次，召开了村民大会，指派村长为指导员，老大为矿长，每家出劳力两个，统一经营，按劳取酬。而他则当然为该矿的顾问。村长就当场讲话："我们要不辜负副乡长的教导和希望！"老大就又小声纠正："是期望吧？"村长说："希望和期望都是望，就是让我们好好干！我们要鼓足干劲力争上游保家卫国。社会主义好啊！"老大早就知道村长一到正式场合就要讲话，一讲话就乱用名词又不带逗号的毛病，但此时他还是忍不住一阵反胃。旁边坐的光小也气得直咬牙齿，突然觉得脖子上发痒，用手一摸，是个虱子，说句："我还以为是个虱子哩！"丢在地上，然后又恶作剧地弯腰在地上四处寻看，嘴里嘀咕道："咦，究竟是不是个虱子哩？！"惹得全场哄笑。

有了统一组织，老大制定了一套新的方案：一是进

131

一步扩大矿洞；二是借县上、乡上支持，申请讨要支架的木头、铁镐、铁镬，甚至一台卷扬机；三是争取把炸药、水泥纳入县分配计划中；四是建立考勤制度。一个月过去，矿貌大变，纯收入达到三千元，除下一千元作为扩大再生产的资金外，两千元按劳分红，平均每家得到八十二元三角四分。八十余元，对于村民来说，数字是不算小的，尤其那些缺乏强壮劳力的家户，更是念了佛地喜欢。但是，老二和光小却没劲了，他们的收入大大少于以前，就在老大面前发牢骚。老大讲道理，他们听不进，老大就以身份压人，训斥他们少给他惹是生非，影响全局计划。两个光棍就在完成了自己打炮眼爆破任务之余，常偷偷跑去看摄制组拍电影。

摄制组的女演员，使他们大开了眼界。当拍完某一镜头后，男女演员说说笑笑，打打闹闹，他们就目不够用，心不够用。那城里的人一笑一颦，抬脚动手，都要勾走他们的魂魄。两个人便于背地里大发感慨，自恨自己一生的可怜。

一日，俩人又去看拍电影，正是下过一场大雨，庄河水涨，女演员需要过那河面的浮桥时，桥面摇摆得厉害，脚抬起来，桥也随脚上来，脚落下去，桥也随脚下去，眼睛一看着河水，又觉得桥在随波下移，便叽哩哇啦失声锐叫，蹲下再也不敢动了。老二和光小几乎没有商量，同时站起来，同时跑了过去，在浮桥中间将那女演员拉住了。他们闻到了极浓的香水气味，闻到了只有城市女子才散发的热腾腾的一种气息，那黑黑的手握住了嫩白的小手，像是握住了一块发糕，一块棉花，自己便觉飘飘欲仙，神志不可清醒。说："慢走，慢走，眼不要看河面，瞧我的后脑勺！"女演员竟紧紧跟着他们，身子也极力靠住他们，几乎是让他们背过来的。

　　这一次桥上拉人，使老二和光小有想不尽说不完的回忆，常于施工中温习，走了神，使打钎的大锤多次闪失，把腰都拧了。两个人就又要停下来，往洞外走，一个说："啥时还到河里拍电影呢？"一个说："这些洋女人，平日能让咱接近吗？可那一阵她竟想要咱们背了她！

拉过桥，我将她的手心都抓破了的，她还一口一个谢谢哩！"俩人就大笑一通。一个又说："这么好的女人，只要跟我睡一回，枪崩我，我也不后悔！"说罢目光发呆，如坠云里雾里。一个却长长叹一口气，说："唉，那都是城里男人享受的。到底有城乡差别嘛！"

他们说得多了，身体的某一部分就不能控制，一起跑上烛台峰。上烛台峰是一种心理上的摆脱，因为他们清醒过来，就明白自己对于那些城里女人是一种绝缘，犹如面对着墙上的一幅好画，镜中的一轮明月。于是就要说："这些城里女人那么好，都是狐狸精变的，是仙，是神，是鬼，反正不是人。"他们要到道观去看那些比他们更可怜的道人。在道人面前，他们是最有福的人了。

小道又在那山泉挑水了。这是一个满脸长了粉刺的出家人，一边舀水一边拿眼看远处草坡上牧羊的女子。老二便笑说："又在看啥哩？"小道吓了一跳，手中的水瓢掉在泉里，见是老二和光小，便说："看见那边有一个狼。"光小说："是狼，你不怕狼吃了你？"小道顺嘴溜了一句："我爱狼哩！"说出口就觉失言，拿水泼光小。

老二拉小道在林间坐了，说："这儿没人，道长不在，你给我们说说，你怎么就当了道人？你能受得住吗？"小道说："你们尽说瞎话！道长知道了我就没命了！"光小说："我们要是给道长说，我们就是地上爬的！每天来观里烧香的有那么多女人，你们见了心就不动？"小道说："我静坐面壁哩。"老二说："你能坐住？你别哄我们了！"小道就说："静坐面壁就是克制自己哩。道家讲究炼丹，人本身就是个丹炉，炼就是守精，精守住了丹就炼成，也就是得了道了。"老二说："我知道了，你们一直是在和性欲作斗争的。盘脚静坐，就是强制压住那个东西不起来，是吗？"小道点头。光小就说："你们道人可怜！你能守得住吗？夜里不跑马吗？"小道说："跑的。"老二就同情起这小道，替他挑了水往观里去。突然道长在远处喊小道，小道忙自己挑了水，一步一步急走。

老二和光小皆没有说话，看着小道走了，坐了一会儿，也到了观里。却见道长正指着晾在院中的被褥质问是不是那小道的，小道应声说是。道长就指着被褥上的点点圈圈问这是什么，问得小道面无颜色，不敢回答一句。道长就让去静坐诵经，不背过《道德经》就不得吃晚饭。正训斥完，抬头见老二和光小，过来说："上山来了？"老二说："道长没下山去看拍电影吗？"道长说："导演来过一次，我还夸奖了他的名字好哩！"老二说："导演姓和名谷，有什么好处？"道长说："这你不懂，《道德经》上讲：'知其有，守其雌，为天下谿。为天下谿，常德不离，复归于婴儿。知其白，守其黑，为天下式。为天下式，常德不忒，复归于无极。知其荣，守其辱，为天下谷。为天下谷，常德及足，复归于朴。'我送了他八个字：谷神不死，是谓玄牝。他要我解释，我说：谷形容虚空，神形容不测的变化，不死喻变化的不停竭，玄牝即微妙的母性。总起来说，意思是：道的虚空的变化是永不停竭的，这就是微妙的母性，母性就是生殖力。因道，也就是谷神生殖天地万物，其过程没有一丝形迹可寻，故以'玄'形容。"道长的经论对于老二、光小自然是对牛弹琴。老二就说："道长这么关心城里人，却不肯到我们矿洞去一次。"道长说："我虽未去，但那里情况却是知晓，你大哥此人是能人，精明敢干，只是学问太差，他应致虚极，守静笃，知晓万物负阴而抱阳，冲气以为和才是。我建议他去读一本书哩。"老二说："读什么书？能使我们发财吗？"道长说："你尽是发财，哪知无为而知无不为呢？既然他要一心办矿业，他就要读读历史，知道知道商鞅的事情。"光小说："老听人说你讲商鞅，商鞅那是古人，读写他的书，能顶了我们挖矿？"道长说："道可生一，一可生二，二可生三，三可生万物，万物则又归一。商鞅当时辅秦，定变法之令，编制居民或为十保，或为五保，什、伍之中，一家有罪，其余诸家当联名举发，若不纠举，九家或四家须连坐。匿藏罪犯者杀，告发者赏。民间有丁男二人以上而不分居另外干活的，一人须出两份赋税。勇于公战的，均依照规格高下升爵受赏，私斗的以情节处以大小不同的刑罚。努力耕织的，免其本身徭役或豁除本身的赋税，因懒惰不事事而致贫的，将没其妻、子为宫中的奴役。国君的亲属没有年功的不许载入谱牒，有功勋的其占有田宅、侍从、服役等等，须各随其家爵秩的班次。有功者就显荣，无功者就是再富也没地方可以显示他的尊荣。"

道士越说越口若悬河，老二和光小你看看我，我看看你，再不耐烦，说："道长，你说的都好，只是我们全是不懂，改日让我大哥来向你讨那书去看吧。"道长才猛地住口，满脸清高之气，叹一声说："既如此，让你大哥也不要来了！"拂袖而去。老二和光小却不知哪里得罪了他。

第六章

一

　　一日，摄制组休假，有演员去七里镇赶集，已经走得很远了，阿黄却蹚了河水湿淋淋地追来。开拍以来，阿黄上了许多镜头，效果使导演颇感满意，但这孽种除了演戏逗能外，总是牵挂小母狗"爱爱"，有人没人，就将一条后腿跷起，露出那丑恶东西撒尿。导演曾对老二说："你培养出的狗，怎么是这种德行？"老二又得意又脸红，解释说这原是一条游狗，半路里收养的。演员们不明白游狗的意思，问了才明白是外村走失来的野狗，便奚落老二"狗和你有缘哩"！这日它撺了演员来，又是极不安分，见了路上的女孩子就汪汪地咬，气得演员们喝个不休，骂个不休，它竟离开新主人径自向镇街跑去。

镇街很小，却极有特点。窄窄的街巷皆石板铺地，两边门面，结构奇妙。山墙突出屋脊之上，全饰砖雕。面墙木板装就，门扇窄而长，外又设了出檐栏架，犹如楼上有楼。入街如入峡谷，折南，行五百米，又折东。东边的门面房顶头的一家倾斜，整整二百米远的距离内，家家倾斜，大有稍一推动这条街房就要全倒的形势。但小商小贩却视而不见，依旧在下设铺摆摊，大到铁器竹编，小到针头线脑，无奇不有。演员们一侧身那里，立即色彩鲜艳，令人注目，先是谁也不敢招理，不是鄙夷，而是敬畏。后一卖凉粉的说声："来吃凉粉呀！"演员吃了，便七家八家小贩过来围住叫卖。他们都知道这是城里来拍电影的人，拍电影的是有大钱，那一个个鼓鼓的屁股口袋里，全塞有票子。演员们感觉到了自己做人的伟大，在那些小吃点上指指点点了，等小贩递碗过来，却责备一通碗没有洗净，洗碗水那么稠，抹布那么黑，摆摆手就走了。只有阿黄摇头晃脑，遇什么都看，见什么都吃，立即有人低声议论，说交界处的××村人是发了财，就是这一条狗，也身价二十、三十元的。就吆喝阿黄，将一块骨头，或是半块弄脏的油饼投过去，大表热羡。

一个人便从店铺出来，突然给阿黄丢过一个猪蹄，招呼道："过来，过来！"阿黄叼了猪蹄，那人就说"哟，哟，你认不得我吗？这狗东西，怎么不认我？！"演员就笑问："你认识这狗？它叫阿黄。"那人说："是叫阿黄，我怎么不认识它阿黄呢？这是我家的狗呀！它走失了好长时间，原来在你们这儿？阿黄，快跟我回去！"说着就要牵那狗。演员们倒吃惊了，说："这是我们买来拍电影的，怎么能是你家的？"那人睁了眼说："我家的狗怎么不是我家？你们是拍电影的，是在××村那儿拍电影的？真能用上这狗，我当然支持公家的事，可公家也不能亏了我们百姓呀，那你们给我多少钱呢？"演员们知道此事的目的了，就吵嚷起来。这时，偏又有一妇人提了猪头过来，见了狗又说是她家的，走失好几个月了，正到处寻找不见。演员们就和这一男一女争辩，这一男一女也争吵不休，窄窄的街巷拥了许多人。演员们就说："你们不能这么钻了钱眼！你们说狗是你们的，有什么根据？"
那男人就又从口袋里掏出一块饼逗引狗，狗跟了过去；女
人也就用猪头逗引狗，狗又跑了过去。一个演员急了，飞
脚赶回村找导演商量：电影正拍到紧要处，怎么能随便没
了这条狗？于是，导演又叫上几个女演员牵了小母狗"爱
爱"，一起赶到镇街说："拍电影有的是钱，但国家的钱
也不是随便往外撒的，这样吧，你们两家都叫狗，我们也
来叫，狗若跟了谁走，就是谁的。"于是，那男的又以饼
招逗，女人又以猪头引诱，女演员们就牵了小"爱爱"
走，阿黄就汪汪叫着，紧追"爱爱"不舍。人们哄地大
笑。那男人便灰溜溜退走，钻进店铺里再不出来。店铺的
花格子窗下，一个人影闪动，有个演员瞧见了就悄声对同
伴说："牛磨子在店里，是那老东西出的馊主意吧！"阿
黄便对那店门汪汪狂吠，店门也便哗啦关了。

赶集回来，导演和演员们将认阿黄的事说给老大
听，老大说："牛磨子的老表就在镇街上，他也太不像话
了！以后少理这种人得了。"但是，在拍摄第六十四场戏

142

时，地点无论如何要在牛磨子的庄宅那儿。第一天，导演让牛磨子充当一个群众角色，演毕，他竟提出要钱，每一个群众演员二元钱，他却坚持自己要三元，因为他不仅是群众，而且说了三句话。老大看不惯了，就说："你家也是去挖了矿，钱总算不紧手吧，为一元钱，说得出口吗？"牛磨子说："这是公家钱，又不是导演掏私包，阿黄都是高价买的，我不如一条狗了？"老大说："胡搅蛮缠！不怕丢了自己人，可这个村的脸面还丢不起哩！"牛磨子便说："我丢什么人了？我当了八年队长，我没给自己赚钱，我没勾引良家妇女！"出言不逊，老大就火了，问道："你说话说明白，谁赚了谁的钱？谁勾引了谁家妇女？"牛磨子说："孙家女子的肚子大了，莫非是长了癌性瘤子？！"一句话说得老大血冲脸脖，叫道："我和云云光明正大，结婚证都领了，谁一个屁都放不得！"他逼近牛磨子质问，牛磨子以为要打架了，当下就猫腰扑下，抱住了老大，又双手来捏老大的命根儿，先下手为强，且哭叫道："你打呀，你小伙现在不得了嘛，你当了矿长嘛！"导演忙拉开他去，从自己口袋里掏出一元钱给他，估计不能继续拍摄，就让司机装了器材返回。却不巧，车在拐弯时，竟轧死了牛磨子的没尾巴狗，牛磨子正没个出气的机会，当下就睡在了车轮下，口口声声说是摄制组故意轧死了他家的狗。叫骂要砸车，要烧车，又骂出他的儿子和那"媳妇姐"，让他们拉住司机不放。司机就火了，将拖了他腿的牛磨子用力一甩，牛磨子滚倒一个坎上，鼻血流了下来，偏不擦，抹一脸红，大叫："打人了！打死人了！"哭闹不止。

吵闹声惊动了全村，许多人跑来看，有说东的，有说西的。村长就赶来问了情况，也训斥司机无论怎样不能打人。老大便说："这事我在场，不能怪司机。"牛磨子就说："张老大，你这个汉奸卖国贼！摄制组给了你好处，你就处处向着人家，你这电影厂的狗啊！"导演就两方劝止，最后说："就算我们打了你，我们领你去镇医疗所看病吧。轧死了狗，我们赔你的！"牛磨子说："怎么个赔法？"导演问："你这狗值多少钱？"牛磨子说：

"一百！"有人就叫道："牛磨子你疯了，你那是什么天狗？！"牛磨子说："你说不值，我也不要钱了，我要我原来的狗！"老大就对村长说："你瞧瞧，咱村的人像不像话？"村长却说："老大，不是我说你呢，你挖矿不是也为着钱吗？牛磨子开的口是大，但咱本地人要向着本地人的。"老大说："我开矿也确实为了挣钱，可我不是混钱！我要像他那么个挣钱法儿，我一头碰死在石头上了！"村长就过去调解，达成协议：电影还是要拍，这是公家的事；但电影厂一定要注意群众关系，打了人就看病，以后类似事件绝不要发生；狗价二一添作五，五十元。这项协议气得老大满嘴冒白沫。

事件之后，摄制组一片埋怨，说这地方少文明，不开化，刁民太多，往后再也不肯多和本地人往来。除了张、孙两家常来驻地院落，别的人来了，演员们就冷言冷语相讥。时间一长，村人就又慢慢论起老大的不是。到了腊月二十三日，村子里逢着会日，挖矿队也放了假，人们有去走亲串友的，有去七里镇采买年货的，有去九仙树下烧香敬神的。演员们下午拍摄几个镜头后，闲着无事，就在驻地院子里跳舞取乐，一对一对在那里翩翩旋转。村里就传出一股风：摄制组的人在一男一女抱着磨肚子了！闻者赶来瞧热闹，一个演员就关了院门。村人不得进去，隔门缝往里瞧，噢噢起哄，丢石砸门，那门终是不开。

二

老二远远地坐在山坡上，那里完全可以看得清摄制组的大院。他第一次看见城里人跳舞，心迷，眼迷，抑制不住的嫉妒和一种万般滋味的冲动。后来看到村人砸了一阵那紧关的大门，陆续骂骂咧咧散去，也感到了本地人的可怜和羞辱，就跑下山来，在矿洞那儿的土地上仰面躺下喘息。但那大院里一阵一阵飘过来的音乐声，使他又不能静静地躺着，就如同狼一样地跳起来，拉了枯草枯树枝，在洞口燃起火，自个儿乱跳乱吼，发泄自己的冲动。这喊叫声，蹦跳声，使那些逗起了冲动却无法排泄的村中光棍汉，都跑了来，和老二一起乱跳。后来，他们就跳起往日过会时祭神驱邪的巫舞。已经是寒冷的暮晚，他们全脱了身上的棉衣，甩掉了帽子和包头巾，将那些废纸撕了条子，一条一条贴在脸上，举着钎子、镢头绕篝火堆跑。皆横眉竖眼，皆龇牙咧嘴，似神鬼附身，如痴如疯。旁边的人就使劲敲打铁器，发出"嗨！嗨！"吼声。后来就你从火这边跳过去，我又从火那边跳过来，用火灰抹脸，汗水流着，冲开灰土，脸恶得如煞神一般。这是性的冲动，原始的力的再现，竟将摄制组那边的音乐渐渐压下去，后来就无声无息。

已经是吃晚饭的时辰，家里的男劳力都没有回家，做好了饭的女人们听见了吼叫声，也跑来看热闹。一站在发了狂的男人们面前，都吓得失了魂似的，但不久就陷入痴醉之中，于一旁为他们拍掌叫号。云云也来了，她的肚子明显地凸大，虽然穿着宽大的衣服，但还是看得出来。她叫喊了一阵，就觉得气堵，有几次那男人们跳过来，险些撞倒了她，赶忙蹲下去，双手紧紧地护住了肚子。也就在这时候，她看见了老大。老大是什么时候来的，她竟未发觉，这阵见他也加入了男人群中，大声地吼，拼命地跳。云云从来未见老大这么狂过，好像是变了另外一个人，似乎比老二，比自己的弟弟光小还要野！后来就见老大突然用镢把将篝火堆一挑，火花飞溅，红焰蹿得老高，跳动的人都吃了一惊，停下脚步。老大就叫道："跳呀，都跳呀！"自己便跳了起来，却一下子摔倒了。云云大叫："老大！老大！"老大并不理，从地上又跳起来，那膝盖处就印出一块红来。云云不顾一切地冲过来，把老大拉住了，拉出了人群，训道："你是怎么啦？你是疯了？！"

老大说："你让我跳吧，我跳一跳，喊一喊，心里就快活了！"

云云立即明白了老大也来又叫又跳的原因。多少日子来，他为着挖矿，为着这个村子，辛辛苦苦地干，忍气吞声地干，却总是磕磕绊绊被人误解，被人辱骂，她安慰过他，他总是又笑着劝她。那原来都是一种假象吗？那都

148

是自己控制了自己，暗暗吞食了最大的痛苦，这一夜才是真真实实暴露了他的真人真性吗？云云看着老大，强忍着要掉下来的眼泪，说："老大，你要觉得那样心里好受，我不挡你，你跳去吧。"

老大却突然把头埋下去，双手紧紧地抱着，像是抱着一个球，要拧下来，要抛出去，大声地翕动鼻子哽咽起来了。

夜越来越黑，篝火慢慢地没了光焰，火炭发着红光，后来就覆盖上一层灰白。乱跳乱叫的村人精疲力尽地倒在地上，望着满天的星星，像是卸了套的牛，下了竿的猴，没了一丝力气。清醒过来，又都恢复了往常的寡言少语的秉性，默默地坐起来，站起来，蔫塌塌地走散，消失于深沉的巨大无比的黑暗中。

死寂的篝火残灰上，却出现了两点绿光，一个奇异的黑影慢慢大起来，雌麝出现在了那里。

雌麝做了寡妇之后，无依无靠，很是孤单，它决心离开这个可怕的地方了。当它走下山，经过村子时，家家的门都关了，人在屋里发出鼾声。在经过矿洞时，它突然恶从胆生，用四蹄猛地把篝火残灰扬起，灰里的点点残火烧着了它的脚，燎焦了脚上的毛，但它还是把灰全扬了，将点点残火在它的一泡臭尿中浇灭去。也就在这么一阵疯狂之后，它感觉到了肚子痛，痛得剧烈，终于，将腹中的生灵生落在灰土中。

"儿子！"雌麝暗叫了一声，脑子嗡嗡，昏了过去。等它醒来，残月已到了西边山峰顶上。看着身边滚得满体血和灰的儿子，它没有气力再带儿子往别的地方去了。它望着远处的天峰和天峰上那座古堡，挣扎着起来，用嘴叼了儿子，一步步回到石洞去。

三

翌日，人们去矿洞施工，发现在狼藉一片的残灰里有一摊污血，血已经凝固了，和灰搅在一起，而那些小石头上，血黑红刺眼，上边沾满了麝毛。现象证明，这是在昨夜，又来过麝，是一只大麝，而且生了一只小麝！村人老少惊骇：麝已被打死了两只，竟然还有麝在生新的一代。又不在山上生，不在河畔生，偏要到矿洞口来生，这不能不是一桩怪事！

一时，逝去的往日的那种对麝的恐惧，又重袭××村。人人议论：难道电影厂的到来，并未抵消这凶灾吗？故谈麝色变，谁也不敢担保这村子会不会又要发生什么可怕的事了。剃头匠自矿队建立后，一直负责拖拉机交运矿时的过秤、装卸，听到这可怕的流言，心里也阵阵发紧。他已经不止一次听见有人在非议自己的女儿，他也看出女儿的身子是比以前笨拙了许多，但他不敢问云云，也不敢问老母。他害怕如果老母什么也不知道时，突然说知，她会经受不了而气昏身亡。入冬来，她添了咳嗽病，几乎连炕也不敢下了。现在，他立即将灾难联系到了老大身上，由老大又联系到了云云身上，就慌慌张张赶回来，坐在了老母的炕头。老母说："这么早就回来了，脸色这么难看的！"

剃头匠说："没什么。云云呢？"老母说："到老大那儿去了。"剃头匠说："又去了！你要管管她，别让她疯疯张张的。"老母倒说："箍盆子箍桶，能箍了人吗？"剃头匠说："云云没给你说什么？"老母就奇怪了，问道："什么事？"剃头匠难了半日，还是去将门掩了，偷声缓气地说："娘，我说一句话，你可千万不要生气。我咋看云云身子不对了？这女子也大了，她和老大也是干柴见火……"没想老母说："这我知道。外边有闲话了？"

剃头匠说："娘知道？怎么不给我说说？现在是有人说闲话了，你看这咋办呀，矿洞口又出现了……"他说了矿洞发现麝的事，脸上的皱纹皱得形如核桃。

娘说："这事云云给我说过，我骂了她一顿。可既然这样了，你能把她杀了、剐了？反正结婚证是领了，云云也说有那一张纸，什么法上就保证了，可毕竟是丢人事！我一个人躺在炕上，日夜也操心，你要今日不说，夜里我也准备同你说的。你说，这事咋料治？"

152

剃头匠溜下炕，脸紫得像茄子，骂过："丢人，丢人呀！"就又一屁股蹲在门槛上一言不发。娘说："你还算个外边人，我叫你出主意，不是让你骂一通的！"剃头匠说："你让我有啥主意？就让外人拿指头戳咱脊梁吧！"娘倒生了气，一阵咳嗽后说："谁戳咱脊梁，你就折了他手指头！我云云不是和张三李四王麻子乱来了，她是和老大！咱要把这事做得圆泛。依我看，咱就催督他们快快备了酒席结婚。要不再拖下去，娃娃生出来再拜堂，那就越发脸上没光彩了！"剃头匠同意了。娘又说："可这结婚，就来不及给云云办嫁妆了。我心里总不是个味儿，就这一个女子，空手嫁出去？"剃头匠说："罢了，罢了，要置办嫁妆，一是来不及，二是咱也没多少钱，后边还有光大光小的。常言说，好儿不论家当，好女不论嫁妆。张老大能行，不会让咱云云受罪的。这麝一而再再而三地出来，要不尽早办他们的事，我真担心要出什么事呀！"

两人就叫来了云云，说明了主意，云云不能说出个什么，觉得自己也为老人丢了脸面，不光彩，只字未提嫁妆的事。可是，将老大叫来，讲明了一切，老大却放沉了脑袋不语，面带难色。剃头匠说："老大，你怎么不说话呀？"老大说："伯，奶，结婚是应该结婚了，钱我也能拿出一笔来，肯定办得不丢云云和二位老人的脸面。只是时间太紧，眼看到了年底，矿队挖出了那么多矿石，一个手扶拖拉机运交不及，年底人都等着分红得钱哩，咱得想些办法把矿运交了。我听说乡里针织厂有一辆卡车要出售，想去乡里把那车给矿队买回来，尽快把这批矿运交了，全村就家家能过个快活年了！"剃头匠说："你说天话！一辆车值多少钱？虽说是旧车，也是上万元吧，你就把它买回运交了所有矿石，也不够车钱的，给大家分什么钱过年呀？"老大说："这我思谋了，我去找副乡长，他是主管针织厂的。既然有车闲着，咱订个合同，把车开回来，车费暂时欠着，开春后不出半年就可以赚钱还账了。所以，我想结婚的事，是不是能再推一推？"剃头匠说："推到啥时，把孩子生在娘家吗？"老大为难了，说："那好，我明日就到乡里去，这事要顺利，一半天就谈好了，回来我就张罗，限明年正月十五前，就结婚！"

这一夜，老大和云云又单独在河畔坐了半宿，老大说了许多让云云体谅他的话。云云说："我不怪你，要不是这孽种，再推十年八年我也愿意！"说着，就恨起自己肚里的东西，拿拳头在石头上砸。老大说："你别说傻话。孩子是咱们的骨肉，咱应为咱们的孩子高兴哩。你要好好注意些，万不敢损伤了他。要说有错的话，那都是我的不好，是我一时冲动，害得你这样。我原想等矿队办得世事大了，我领你一块儿出去结婚。听导演说，城里人结婚就兴旅行结婚的。婚后咱好好过过清净日子。没想这孩子追咱追得这么紧！"云云说："咱是什么人，和人家城里人比！"老大说："城里人不和咱一样吗？要说模样，城里人有好衣服穿，会打扮，猛地一下怪中眼的，可不耐看。你是越看越上眼哩！"云云就拿指头戳老大胳肢窝，老大嘿嘿地笑，颤着声说："云云，你现在爱吃酸还是爱吃甜？"云云说："是酸，问这话啥意思？"老大说："人常说，酸男甜女，那你会给我生个儿子的！"云云高兴起来，双手搂住了老大的脖子，老大紧紧抱住了热乎乎的云云，两人同时感觉到了就在他们中间，那未来的儿子在蠕动。

黑夜里，河水在哗哗地流着，老大和云云相依相偎坐在那里，身子都发软，像糖在慢慢溶化。不知过了多少时间，露水就潮上来，打湿了他们的裤子。老大说："回吧。"俩人才要站起来，河的那边，有人提着灯笼走过来，俩人立即噤了声。

灯笼近了河边，那人分明是要过河了。河水浅，露出那一排列石，灯笼摇摇晃晃了一会儿，又退回去，灯笼就放在了一边，身子坐下是在脱鞋。云云小声说："是摄制组的人吧，这么晚了，过河干啥呀？"话未说完，河那边又有一人跑来，坐在地上的人立即站起问："谁？""我。"是一个粗闷的男人声。老大立即听出坐着的是妹妹小梅，男的则是光大。只听小梅说："你来干啥？你离我远些！"光大说："小梅，我听说又有麝了，我是去山上查看去了，回来见你往河边走，我就跑来了。

你这么晚还回去，怎么不就睡在摄制组那儿？列石不好过，水凉得很，让我背你过去吧？这儿没人，我不会给人说的。"小梅说："胡说哩，我怎么能叫你背？你走吧。"就鞋也没脱，提了灯笼急急从列石上过去。光大也上了列石，却在河中一下子抱起了小梅，小梅叫了一下，灯笼灭了，再没有言语，两个黑影变成了一个黑影。过了列石，小梅说："这事不要给人说！"光大说："我不说！"小梅又点亮了灯笼，说道："你先不要走，也不要跟我，我到我家门口了，你再回去！"说罢匆匆走了，光大还呆在那里。老大和云云一句话也不敢出声，直等着光大后来慢慢走了，俩人才站起来，默默地回村去。

四

　　老大兴冲冲到了乡公所，乡长不在，副乡长正好在房里的火盆上炖狗肉，肉还未熟透，筷子一时插不进去。

一见老大进来，就嚷了："你真是福大，早不来迟不来，狗肉炖熟了，你来了！"老大笑着掏烟递上一根，双手擦了火柴弯腰过去给副乡长点了，自己就坐在一边说："你口福不浅。哪儿买的狗肉？"副乡长说："你当矿长了，也该知道这是买的还是送的！针织厂和县城关个体户订了合同，个体户心里过不去，杀了一条狗，我拿了两只后腿。这冬天里，吃狗肉喝烧酒，里外发热哩！你是忙人，怎么今日来了，办年货吗？今年过年少不了我去喝你一场子呀！"老大说："办年货早哩，可你啥时来，啥时会请你喝的！"副乡长就哈哈大笑道："我想你也不可能拒绝我的，办矿队的事，我真是冒着风险支持你哩！"老大说："这我知道，矿队的人都知道。"副乡长说："最近生产怎么样？你得好好干呀，干上去了，是你们的光荣，也是我们这些干部的光荣啊！"老大说："矿挖得很多，我就是为这事来找你的。听说针织厂要出售一辆旧卡车，有这事吗？"副乡长说："嗬，胃口大了，要买车了！那可要一万九千元的。"老大说："你们定多少，咱掏多少。我想年终这些天，用车好好把积压的矿运交出去。只是一下子拿出一万九千元我们有困难，因为年终，大家要分红，不能把钱全买了车，农民见不到现成利，就要骂娘了。如果可以的话，我们把车钱先欠上，等明春三个月后，一并交付，我们也可以交欠款期的利息。"副乡长笑着说："针织厂由我管哩，车又闲在那儿，事情好办！吃狗肉吧！你用什么杯子喝酒？来大杯吧！"老大心上高兴，就吃喝起来，俩人不大工夫就全身冒汗，头有些晕晕的了。

副乡长说："来，再喝一杯，我有个事还要对你说的。"老大问："你说吧，能办的尽力办。"副乡长脸色通红，将杯中物喝尽了，说："好，好，那我就明说了。我有个姨在七里镇，三个娃娃，都在家无事。你们矿队苦是苦，赚头大哩，你就让三个孩子到队上干活吧。"老大正端起酒杯，手在半空停了。副乡长说："你是队长，在那个矿上，就像我在这个乡里，让三个孩子过年就去吧。那卡车嘛，你几时来取货？司机一时没有，可以让针织厂原先开那车的司机一块支援你们，给司机多发些工资就是了。就这吧。"

老大将酒喝了，呛咳了几声，说："这事本是没问题的，咱那儿又不是国家企业单位。可目下的事情也难办，当时办矿队时，大家就提议一家只出两个劳力，为这村里还吵了几次架。如果现在让外村人进去三两个，怕村里人有意见啊！这样吧，我回去做做大家的工作，一有结果就来给你汇报好了。"副乡长脸色就不那么好看，站起来说："那我等你的消息。"边说边送老大出了门。

老大晕晕乎乎往回走，一路直打趔趄，在心里骂道："副乡长呀，副乡长，你的口气也太大了，你将三个亲戚塞给我，我怎么对村人说？你是领导，怎么能这样办事？一有利就想方设法伸进腿来！"越思越想，心里越发呕，嘴一张，哇地吐出一摊污秽，再吐，又吐不出来，手在喉咙眼里抠，哇哇地把吃的狗肉全吐净了，脑袋也清醒了许多。

回到村里，将这事说给剃头匠，剃头匠说："这事村人肯定不允的，必会骂你以大家的利益讨好领导。可话说回来，人家是管咱的，咱不给他办，这行吗？你多找些人说说，能让那三个人来，就来吧。"老大点头，出来却谁也未找，第二天也没去乡政府，却在镇子给副乡长挂了电话，说村人不同意。副乡长在电话上声都变了，骂道："他娘的，这点面子也不给！"老大握着听话筒为难了半天，才问起卡车的事，回答则是："车？什么车？卡车呀，人家针织厂不卖了，说是谁要买，二万七，一手交钱，一手取车。老大呀，你给大家说，要赚钱过好年，就让村人用背笼往县城背矿嘛。要发动群众。只要有了人，就可以克服一切困难，人定胜天嘛！"老大气得把听话筒咔地放下了。

副乡长的反悔和报复，老大在他不准备接受那三个人时就估计到了，但万没想到副乡长这么戏谑他！他铁青着脸回来，老二正和小梅将东边的房子里乱七八糟的东西搬出来，扫灰，刷墙，一见面就喊："大哥，你来看，墙刷得白不白？"老大懒得去看，又从柜里取了酒喝，喝得眼睛红红的，到矿洞去了。

也就在这天晚上，老大留下了全体矿队人员，开了个会，讲了自己如何碰了壁，以及下一步的设想，末了说："事情既是这样，我想还得靠我们自己，大伙商量商量，咱能不能今年的红少分些，把矿上全部资金留下来，再就是各家筹款，然后我到县上去活动，买一辆新车去。买了车虽说眼下大伙手头紧张，可咱要往远看。车一回来，矿周转得快，效益就大，不出几个月，全部本钱就能赚回来，从此就落下一辆车，不愁咱村不富起来！"大伙听了，都没立即发表意见，足足憋了半晌，互相问着：这事行吗？把家底全交出来，真的能再大发吗？一时犹豫不定。老大就让大家回去想想，拿定主意了就干，若实在不同意，那也就算了。

这一夜里，老大走东家，走西家，一一做思想工作，自己就先拿了全部积蓄的九百元。大伙勉强同意了，各家拿了钱给老大，说："老大，无论如何，这全家的命就交给你了！"老大收齐了一万元，再让会计清点了矿队的积累，算出二万元，就一块红布包了，带回家来，准备到县城去。小梅说："大哥，这三万元可不得了，全村人的命都在你手里了！我真担心，事情真的能成吗？"老大说："这我知道，我这一次也是豁出去了！"

老大临走的前一天，小梅心里总不踏实，把这事告诉了导演，导演也捏了一把汗，最后却说："你大哥也真是了不得的人物。要是在城市里，他会成个大企业家哩！"小梅总是心慌，一坐下来就胡思乱想，心里明明盼着哥哥不要失败，却尽想到是失败了的事，又想起矿洞口麝血的事，就吃睡不宁，于是偷偷避开所有人，去了烛台峰九仙树下烧香祈祷。

道观院子里，又坐了一群孩子，缠着道长说古今。道长又说的是商鞅，正说到商鞅硬行法令，不徇私情，连皇太子犯了法，也将太子的老师公孙贾的脸上刺了印，使国民没有不守法的。如此十年，路不拾遗，山无盗贼，民争着为国出力，而不敢私自斗殴。再后，秦国强盛，扩张疆土，使魏国降服。又三年，大兴土木，建宫于咸阳，定为国都，划以全国的基层行政单位，修筑道路，开垦荒田。又四年，太子的师傅公子虔又犯了法，就割掉了鼻子。又五年，秦国富裕强大，又降服了四周的几个国家，秦孝公成天下王中之王了。那个当年不肯任用商鞅的魏国惠王，被鞅带兵攻破，活捉了魏公子卬，魏国就割让河西之地献给秦国，而只好迁都河南开封。那惠王仰天长叹："我多么后悔当时没听公叔痤的话，杀掉鞅啊！"鞅得胜回朝，秦孝公念他功高，封于商地，号为商君。小梅无心听道长夸夸其谈，烧过香后，心里还是有几分不安，就又急急下山来找大哥，让他慎重考虑。但是，老大却走了，不仅他去了县城，还带走了云云。云云这些天感觉肚子老不舒服，悄悄让奶看了，奶怀疑是不是胎位不正，要给她摆治，又手上没了力气。云云就吓得要死，老大趁机会带她到县城大医院去看看。小梅就怨怪大哥走得太急，没能等她给做一顿出门吉利的扁食吃。

第七章

一

反反复复，孩子们差不多要把商鞅的故事背熟了。有了矿队，父母不再责骂着他们去捡矿、拉矿；且年关将近，好吃好喝好热闹的事情诱惑着童心，他们就一刻也不安静，四处乱跑，使强逞能：去古堡石条缝里掏鹁鸽；去摄制组模仿演员的动作学说普通话；寻捡鸡骨头、羊下水逗阿黄和"爱爱"；或者，躺卧于麦地里、草窝里说商鞅的故事。说者完全是道长的神气，大声清理着喉咙，一板一眼，抑扬顿挫。

这日就讲道：后来呀，秦孝公死了，他的儿子上台继位，当年受到商鞅判刑的公子虔，一看时机成熟，告发他想造反。新国王当然听公子虔的，就下令逮捕商鞅。商鞅得到消息，逃跑了。到边境一客店投宿，店主人不知他是商鞅，说：商鞅有法令，你没有身份证，我们不敢留你，万一是坏人了，我们就会同罪的。商鞅仰天叫苦。后又去魏国，魏国不收留他。再想到别的国家去，有人劝道：你帮秦国的时候，降服了好多国家，现你去了哪里，哪里也怕得罪秦国，认为你是逃犯，少不得要把你扭送回去的。商鞅无法，就又返回到了咱们这儿，领商州人真的举旗造反，结果秦国发兵围攻，商鞅兵败，被活活捉拿。秦惠王便将他双手双脚和头各缚一绳，系在五匹马拉的车上，然后鞭打五马，四方奔走。可怜商鞅就被撕裂成五块，葬入狗腹，从此世上再无此人，连他一个土坟堆也没有。

孩子们虽然不下十次八次地听过这个故事，但每一次说商鞅被五马分尸之时，不免人人惊恐。偏巧这次导演过来，听了问道："你们在说商鞅，知道商鞅是谁吗？"孩子们说："当然知道，是我们的老祖先嘛！"导演又问："那么，商鞅是好人呢，还是坏人？"孩子们说："我们的祖先当然是好人！"导演说："那为什么秦惠王要对他五马分尸？"孩子们却答不上来了，说："导演，你姓秦吗？"导演不解，说是"姓和"。孩子们又问："那你怎么向着秦惠王说话？！"便站起来，大有不满之意，掉头走了。

导演觉得这些孩子有意思，更觉得商州这块土地上的人皆有意思，便思谋着这部电影既然在商州地面拍摄，如何进一步挖掘原剧本的内涵，将商州人的民性、本质的成分渗透进去。影片要描写的是当年一批人为生活所迫，在这里举旗造反，当局认为是土匪，当地百姓也认为是土匪，连他们自己也自认为是土匪，闹出一系列惊心动魄的事来，后兵败身亡于古堡上。故事里有极大的传奇性，但他自开拍以来，却绝不想把这部片子拍成一部纯猎奇片。他要力争拍出当时山地的农民豪杰，刻画出为什么这块土地上能产生这种豪杰，而豪杰产生了又为什么最后归于失败。他思索着古代的神话《夸父逐日》，夸父的目标是要到大海去，但他却渴死在去大海的路上，夸父是失败者，但却是一个悲壮的英雄。他随身带着的有鲁迅的《阿Q正传》，常常想：辛亥革命是一场多么伟大的革命，连阿Q都起来革命了，但是革命到最后，阿Q却被革命杀了头，那么，为什么不准阿Q革命呢？导演如此深思深虑，心里充满了无限激情，意识到正拍摄的这部影片，有好多情节需要改动，拍过的好多镜头得重新拍摄，他自信这部影片完成后，会产生一定的影响。

当导演从拍摄点回到驻地，使他不安的是院子里又来了好多村民，团团围住小梅，询问老大的行踪：有没有消息回来？汽车买得怎么样了？小梅无法奉告。因为大哥走后，一直没有消息回来，她比村人更焦急，更担心。询问的人就议论纷纷，什么脸面都有，什么话都说，直拉着小梅的手说："小梅，这回就看你哥的啦，我那一点钱，是我留下买棺板的钱呀！"小梅说："这我知道，我哥本来也是要结婚的，家里什么都收拾好了，可他为了大家，又数九寒天地出去，我也急啊！你们想想，买的是汽车，又不是一辆架子车。他这些日子没回来，必定正在县城四处托人联系买哩，你们都把心好好放在肚里，一有什么消息，我就来告诉你们啊！"

村人散去，小梅就苦愁了脸对导演说："导演，我大哥他不会出事吧？"导演说："现在的汽车是难买，但你大哥精灵，这些日子没回来，说不定已经买好了！明日我们派车去县城买菜，我让人去找找他。"

摄制组的面包车到了县城，当天晚上回来，消息是见到了老大和云云。老大已经联系上了一个人，拿了钱，说是可以买到车，且不久就能到手。云云却因为去县城一路颠簸，没想到县城的第三天就早产个儿子。胎位是不正，在产房里整整待了两天两夜。现在母子平安，住在医院，所以老大一时还不能回来。村人听后，心就稳妥了，安安宁宁各自去过大年了。初一的早晨，村里这儿敲锣打鼓，那儿鸣放鞭炮，有许多人就到张家来，到孙家去，向他们拜年，感激老大为村人能买了汽车。两家人也十分荣耀，招呼来人坐了，吃烟吃茶吃酒吃肉。小梅将屋前屋后打扫得干干净净，将两朵自制的绸子花别在哥哥新房的门上，也在门闩上挂了一撮白线，按风俗不让外人进那新房去。有人就说："小梅，月子婆娘不在家，门上挂白线也说得过去，为什么要别花呢？"小梅说："这是给我哥嫂挂的。"那人说："那花是新郎新娘别在胸口的呀！"小梅听得出来这话中之话，就恼了，递过一支烟说："抽支烟吧，别让嘴闲着！"

家里没有母亲，小梅就要经管屋里一切。大哥添了儿子，她是满心喜欢，听到村人的奚落，她也不免怨了大哥几句，怨了云云嫂子几句，怨完了，想哥嫂都在县城，他们吃什么，住哪儿，心里也发急。去找二哥，老二一早被三朋四友叫去喝酒。她就到剃头匠家来商量，说："奶，是不是咱们到县城去看看，等孩子过了十天，咱用被子把那母子遮严了拉回来，到底在家里伺候方便呀！"奶说："你娘也是这个意思！是该去人的。你哥一个外头人，这些事他不大懂，我还真不放心他，我要能下炕，我是要去的……"小梅就说："那让我和我伯去吧。"奶说："正在过年，你这一走，你二哥又不会做饭，能行吗？"小梅说："我二哥野惯了，我在家他一天到黑也不落屋的。我能走得开。"奶就拉过小梅，唠唠叨叨说小梅懂事，便叮咛去了不要让云云十天里下炕，不要见冷水，给娃娃吃奶不要坐得时间太长，免得以后腰疼、手疼，添下病儿；到了县城，多买些青菜和猪蹄给云云吃，好给娃娃下奶；不要让老大在云云和娃娃面前喝酒，喝酒逼奶；不要吃烟，烟呛得娃娃咳嗽；给老大和云云讲，月子期间都要忍言，不要吵嘴、流眼泪，否则将来心口疼，见风落泪……小梅——应允，就去给导演说话，让摄制组的车送她和剃头匠去了县城。

小梅第一次去县城，哪里也顾不及游看，日夜伺候嫂嫂。娃娃虽不够月份，但还不是太瘦小，只是阴差阳错，白日睡觉，夜里哭闹，她就和云云夜夜轮流抱哄娃娃，几天工夫人就瘦了许多。

老大抽身去联系买车人，说好在八天后见话。第八天，老大去找那人，那人却没了踪影，急得他坐卧不安，四处打听，也是毫无结果。回来发闷，要喝酒。小梅夺了酒瓶说："你是不让娃娃有奶吃吗？"老大说："我心里闷得……"小梅说："是车没买下？"老大先是不说，后就道了实情，小梅、云云和剃头匠都目瞪口呆。小梅说："那人是不是个骗子？"老大说："他不敢的。我交给他二万八千元，那么一大笔钱，他是不要命了吗？"剃头匠就慌了，说："不怕一万，就怕万一，你快去公安局报案吧，让快查查那人是到哪儿去了！"

公安局受理了这案子。接待的人问："你怎么相信他？知道他的根底吗？"老大一听，心就发麻。那人又说："这人为人不本分，常干这些见财弃义的缺德事，平日赖了好多人的账，可都是百儿八十，这次竟拿走你这么一笔巨款？！"老大哭丧了脸说："我来买车，跑了好多地方，没联系上，他来找我，说他一个哥哥在省上什么大单位，有办法搞车，我也就信了他，把钱交了，谁知……"说着浑身发抖，苦脸哭腔，央求公安局帮他一定找到此人。公安局满口答应。

回到医院，正巧摄制组的汽车来接云云他们回去，说是云云奶整日在家着急，三番五次让导演派车来接的。老大

172

就办了出院手续，对云云他们说："公安局正寻查那个骗子，案没有结，我不能回去。你们告诉村里人不要担心，只要有我在，出不了事的，一有消息我就捎话回去的。"云云看着老大，倒不觉掉下泪来。夫妻俩互相说了些安慰话，老大将云云背上车，铺好被子，让她和娃娃睡好，盖好，挥挥手，一直看着车出了县城南门，拐过了山弯。

二

过了正月十二，老大还没有从县城回来，人心就浮动了，天天有人到老大家向小梅打问，向云云打问。张、孙两家急得如热锅上蚂蚁一般，来了人就笑脸相迎，让座让茶，百般劝慰。但越是这么小心讨好，村人越觉买车一事必是无望。买车无望，却不能将钱糟蹋了，就又开始有人来张、孙两家索要筹款。气得小梅动了火，说："人心不都是肉长的吗？你们筹了款，我家筹的款没谁家的多！

我大哥在外这么长日子，连媳妇娃娃也照顾不上，年也没过好，吃呀住呀花销又是自己的，我们找谁去？遇了事大家都在想办法嘛，你们来张家，张家还不是为了给大家办事，莫非要把我们咬了吃了不成？！"小梅是出了名的腼腆女子，在谁面前也不粗声说话，如今变脸，好多人就退散了去。人一散，小梅就呜呜大哭。她一哭，云云抱了娃娃也哭。老二气得直吼："家里死了人了？哭！"气冲脑壳，就打鸡踢猫。小梅又看不惯，和二哥吵，老二越发使性，竟一拳将柜盖上的面罐打碎了。小梅就叫道："好呀，你打嘛，你有本事把这个家的瓮也砸了，锅也砸了，房也一把火烧了！"老二自知无理，夺门就跑，一跑三天没敢回来。

家里一闹事，云云哭了一夜，天明时就闭了奶。娃娃噙着空奶头哇哇哭，云云就打娃娃屁股。小梅夺过娃去劝嫂嫂，云云越哭越凶，拿手揪自己头发，一声接一声骂骗子祖宗八代，再骂村人，后就骂老大自找苦吃。四邻八舍都听在耳里。

剃头匠就背了老母过来，和云云住在一起，夜夜劝说，却尽说的是死去人的事，使云云心里也时时发惊。小梅在外寻买了猪蹄，又到河里捞小鱼，熬汤给云云喝，盼着云云奶水下来。山里人没有吃鱼的习惯，自然捞鱼就是外行，忙了半天，手脚冻得红萝卜一样，一条鱼也捉不到。演员们就制作了钓鱼竿，在河湾处下钩，总算钓得十几条五寸小鱼。正在水边剖杀，牛磨子来了，问道："小梅，你哥还没回来吗？"小梅说："没有。"

牛磨子说："那买车的事黄了？黄了人也该回来，把钱退给大家呀！他人不回来，莫非私人带了那笔款出去干别的生意了？等生意赚了，再把钱退回大家？那样做就太缺德了。兔子都不吃窝边草，要发横财也不是这样个发法儿呀！"

小梅说："你怎么这样说话？我大哥拿了大家的钱去做自己生意，你的证据是啥？你不能血口喷人嘛！"

演员们见牛磨子说出这般伤人言辞，就也质问证据，教训他说话办事要凭天良。牛磨子就说："这是我们村的事，外地人没权干涉！"两方就有了口角，引来好多人。牛磨子就指着那些人说："小梅你瞧瞧，王家筹的那些钱是要给儿子娶媳妇的，前院李家的那钱，是准备着翻修厦房的，现在勒紧裤带把钱给了你哥，你哥说十天八天就见车，现在多少天了？你说你哥不是拿了这钱去做生意，那你哥为啥不回来？"

小梅说："不怕造孽，你就胡说！我哥把钱交给一个人去买车，我嫂子在县医院坐了月子，这你不是不知道，你说我哥能到哪里去？"

牛磨子噎了半晌，眼珠子一转又说道："那好，你哥没去做生意，那就是他要结婚，没钱了要拿大家的钱为自己办事哩。没想，在县上娃娃就生下来了。我明白了，老大和孙家的女子厮弄鬼混，肚子大了，没脸在村里结婚，要出外结婚生娃，就想着法子骗村人的钱用。想想，他早不说买车，迟不说买车，偏偏云云肚子大得要生了，才提出筹款买车呀？！"

这么一说，倒理由充足，村人信了，心想自己一分一文的钱攒得不容易，让老大这么骗去，火气就上来，众口皆骂老大不是人。小梅气得浑身哆嗦，呜呜地哭起来。牛磨子却说："你哭啥哩，你有理你就说嘛！"小梅就手指了牛磨子说道："谁好谁坏，天知道哩，你不要太欺负人！"就提了那些小鱼，哭哭啼啼跑回家去。

小梅刚到家一个时辰，牛磨子又领了他们牛家上了宗谱的人来到张家，门前又是一片骂声。竟有一老婆子过来抱了小梅，扑通跪下去，说："小梅，你们不敢做伤天害理的事啊，我那些钱，是我儿给的棺材钱呀！钱要没了，你让我卷草席去呀？我老老的人了，你把钱还给我吧，还给我吧！"小梅不忍心这么大年纪的人哭闹，她知道这老婆子的三个儿子都是逆子，为了给老人筹备后事，兄弟三人打闹了几场，还是邻居看不过眼，才逼着一个买老衣，一个买棺材，一个打墓，而买棺材的就把钱给了老娘，让老娘自个儿去买。老婆子把钱筹给了老大，这阵听说钱没指望，她能不急得发疯吗？小梅双手把老人扶起，感谢老人信得过大哥，筹了这笔款，也请老人不要听别人胡说。但老婆子却立马三刻地要那钱，哭音拉长地说："那是一百五十元呀，我到哪儿去得这笔钱呀！你们今日不给我，我就吊死在你们家里！"

小梅又气又同情，就从箱子取出当时自己为大哥办婚事买零碎积攒的一百五十元给了老婆子，老婆子颤巍巍哭着走了。但门外骂老大的人一见老婆子得了钱，也就都跑进来要钱，小梅说没钱，他们就不走。有人喊了声："不给钱，咱拿他家东西顶着！"立即就有人把水壶提走了，把铜洗脸盆拿走了，那张八仙桌子也被两个人抬去，屋里翻得一片狼藉，乒乒乓乓响成一片。小梅披头散发地喊："拿吧，把这个家抄了！抄了你们就发财了！发财了！"云云在炕上听见，也跑了下来，抱住一个正扛她家豆腐磨子的人的腰，骂道："土匪，土匪！抢人啊！"那人一把将她推开，云云倒在地上就口吐白沫，昏了过去。人一昏倒，来闹事的人就散了去。

消息很快传到孙家，光大听说了，提了一根扁担飞马赶来。小梅家没了闹事的人，小梅正抱着醒来的云云大哭，炕上的娃娃惊得四肢乱蹬乱哭。光大站在张家门口吼道："谁抢了东西？是谁日他娘的！不把东西送回来，我不卸他八大块，我就不是孙光大了！"吼声震得家家都听见了，家家把门关紧。云云就和小梅抱住光大，拉进屋去。小梅说："你别耍你火脾性，让他们拿吧，现在不是旧社会，要拿了就拿了？你要出去打伤了人，你是帮了倒忙，家里闹成这样大的事，你还想闹得家破人亡吗？"光大才收了火气，却直拿拳头打自己，怨怪自己来得迟。

光大的武力，村人皆知，他平日寡言少语，不与人多往来，但愤怒了，则六亲不认，泰山石敢碰的。他的吼叫，使那些拿了张家东西的人害怕了，后悔了，当天晚上就将东西又悄悄送到了张家的院门口。但也就在这夜里，云云娃娃受惊后，啼哭不止，加上又没奶，天到五更，哭声渐小，脸色发青。云云看着害怕，叫了小梅。小梅摸摸娃娃浑身发烫，且双手紧握，嘴角抽动，慌忙叫道："抽风了！"忙出门过河来敲导演的宿舍门。导演听罢也慌了，唤起司机，忙将小梅、云云和娃娃往镇上医疗所送。

但车还未到镇上，紧搂着娃娃的云云，发觉怀中渐凉，再叫时，娃娃竟毫无反应，姑嫂俩呼天抢地就哭开了。

张家的娃娃一死，张、孙两家人睡倒了三天。三天里，老二回来了，他是到湖北那边的相好家去的，本想小梅气消了，回来好好支撑这个家。一进门，云云和小梅都睡在炕上，眼睛像烂桃一样，当下就蔫了。小梅见二哥回来，一肚子火又上来，却话未出唇，泪水长流。老二就一语不吭，足足在那里蹲了半个时辰，直等到剃头匠和光小来将云云接过娘家去住后，他站起来对小梅说："小梅，这场事是谁牵的头？"小梅说："还不是那牛磨子！"老二顺门就走了，小梅如何叫也不回头。

三

老二直奔牛磨子家，牛磨子吃罢饭，正蹲在屋后的尿窖上拉屎。老二立在门前叫了两声："人呢？！"牛磨

180

子在尿窖上不知来者是谁，回声道："来了！"撕一片土墙上的干苞谷叶擦屁股，还未站起，老二横眉竖眼站在自己面前，手指头指着骂道："你教唆人抢了我们家，吓死了我侄儿，你安安然然在这里吃哩拉哩？！"牛磨子冷不丁吓呆了，一股稀粪喷在裤子上，说："老二，你要干啥？你要打我吗？我是去讨还我自己的钱，你们骗了我的钱，还要来打我吗？"老二一巴掌打过去，牛磨子干瘪的脸上半边赤红，再全是煞白，空留一个五指肿印。牛磨子就公鸡嗓子一样叫道："救命呀，老二要杀人了！"老二一脚踢去，牛磨子就掉进了尿窖里，说："我让你叫，老子就把你打了，你叫吧！"牛磨子站在齐腰深的尿窖里，满头满脸屎尿，却一句话也不言语。老二拂袖而去。

走到河畔，迎面来了光小。光小一见老二，说："二哥，跟我走，打那牛磨子老东西去！"老二说："我已经打过了。"掉头又走。光小说声："打过了？"就追上老二，问到哪儿去。老二只是不语，再问时，竟不耐烦了，说道："不知道！你干你的事去吧！"光小就说：

"我也不知道我该干啥呀！"俩人只是顺了那条路走，不觉走到了矿洞前。矿洞里空荡荡的，挖矿人闹过事后，摊子也就散了。老二两眼盯着矿洞，突然冲进去，用腿蹬倒了一根支柱，抄起一把木棒在洞里发疯似的乱打。光小也冲进来帮着打，一边骂道："都是这矿洞！都是这矿洞害了大哥，害了咱两家！"叮叮咣咣，噼噼啪啪，两人手中的木棒都打折了，虎口震裂，血流下来，同时像泄了气的皮球一样软倒在地上。

老二说："完了，完了，挖什么屌矿？别人饿不死，咱也饿不死的！"光小说："这下大哥该清醒了！当时还真不如去赌博，什么财都发了。大哥叫挖矿，挖矿，挖了个什么？挖出了一村的仇人！"老二说："光小，我估计大哥不回来，那笔钱八成出了事。现在人心都瞎了。村里人都这样，县城那些人心还能好吗？万一大哥钱上出了事，不给村里人赔能过去吗？咱们不如再去干那赚钱的事去，说不定会发，将来也好帮大哥一下。"光小说："我也这么想。说走就走，回去了家里人又不会让咱走的，先把钱拿回来再说吧。"

　　俩人在湖北境内，寻找到以前的赌友，钻在一家红薯地窖里赌了三天两夜。老二和光小手气尚好，连赢到一千元，拔脚要走，赌友们却变了脸，说道："那不行，赢了就走，天下有这等好事？"俩人又坐下赌，不想过了子时，手气发霉，连连输了两桩，丢掉了五百元。老二知道干这营生赢时就连着赢，输时就连着输，当下给光小一个眼色，光小装了俩人赢来的钱在身，掏出二十元又下了注后，说是小解，退出窖来，便再不回去。那输者就一把扭了老二，问道："光小呢？那小子没种，溜了？"老二说："他哪儿溜，他下了注，还能溜了？"可光小却终不见回来，输者就红了眼，掏出刀子扎在桌子上，说："从现在起，谁也别想走，赌场上亲娘老子是不认的！"老二就说："我老二如果走不是娘养的，看着你放我的血！"结果，老二又赢了一桩。

　　光小跑出赌场，在村外等了半天，见老二不出来，知道他不能走脱，就心生一计，拿了十元钱去找窖洞的住家主人，说是家里有事，让老二出来，只需喊几声"抓赌的来了！"就行。主人平白得了场地钱，又得了这十元，依计去做，窑内一片惊慌，各自逃散而去。老二在村口见了光小，俩人得意地笑过一阵，清点了赢得的数目，天亮时就返回了陕西这边。

这天，老二和光小又来到了地峰背后的一家独屋。这地面属于河南境地，屋里住着一个老汉和一个老婆。老汉在旧社会抽过大烟，嫖过女人，是个五毒俱全的人物。如今年高，别的不行了，却又暗暗和一些年轻人耍赌。老二和光小去了，给老汉个耳语，老汉就对老婆说："我到坡上放一会儿羊，把饭给我们做上。"于是仨人赶了羊来到古堡里。羊，任其分散啃草，仨人就在古堡里掷骰子。这老二毕竟脑子清楚，手腕处又暗戴了吸铁石，又不时和光小交换眼色，暗递情报，只让老汉连赢过三局后，接着就输了六局，硬是将老汉身上的八十元钱赢了过来。看着时间不早，老二说："光小，你和老汉到他家去，看饭熟了没有。先给人家掏十元饭钱，落个屋里人喜欢。饭好了，喊我一声，让我好好在这歇一会儿。"

老汉和光小走后，老二仰面朝天躺下，赢了钱，一时就将家里的事抛在脑后，让暖洋洋的太阳照着。原本想好好在太阳下睡一觉，消退几天来的疲乏，不想太阳一照，两腿之间忽地发热，这热直到周身，有了难以克制的欲望。

恰巧这日摄制组休假。一早起来，有些人去镇上赶集，一些人拿了鱼竿在河边垂钓，剩下的就在宿舍跳舞。小梅因平日喜欢到山坡上挖那野葱野蒜作调料，城里人极口馋，半晌午，一个女演员就嚷嚷小梅带她一块去挖，小梅就领她上山。她是爱那小母狗的，也带了去，不想阿黄竟也跟来。俩人挖了半天，小梅下山去做饭了，剩下女演员自己又挖了一阵。待要下山时，却看见阿黄和小母狗直往山顶上古堡里跑，叫也叫不下来，她便也跟着来到了古堡。

老二正在难熬，猛地看见那女演员上来，脑子里忽地一片空白，恍惚之际，像狼一样扑了过去，一下子抱住女演员，大声喘气，大口咽唾沫。女演员吓呆了，稍一清醒，定睛看时，见是老二，就骂道："老二，你这流氓！你！你……"老二只是不语，一只手紧搂住女演员的身体，另一只手去捂女演员的嘴。突然，女演员咬住了老二捂她嘴的手，疼得老二只好松开，于是女演员叫喊起来。这一喊，老二似乎清醒了，慌乱中向古堡那边跑去。女演员自己也像疯了一般地哭叫着跑下山去了。

老二跑过古堡那边，脑子里彻底清醒了，后悔万分。自觉再不能回村见人，倒在地上痛苦地直愣愣地看着天上太阳，然后，泪流满面地说："大哥，小梅，我给你们丢人了！我不是人，我是狼，是猪狗！这个时候，我不能给你们分担家事，却干了这臭事，我这是鬼迷心窍啊！我知道这事没有好结果，我也没脸面活下去了，你们就让我死吧，死吧！"说罢颤巍巍地站起来，将自己的裤带解下，挽了圈儿挂在古堡中的一棵苦楝树丫上，用石头在下面垒了台儿。上台儿的时候，他停下来，从口袋里掏出赌博挣来的六百二十三元钱，用小石头压了。然后扑通跪下去，向东方、南方、北方、西方，磕了四个响头，就站上了石头台儿，将自己的那一颗长着黑发和愚昧的脑袋伸进了自己的裤带套里。

四

老二的自杀，使摄制组的人原本一肚子的愤怒自然消散，甚至还多少产生了同情怜悯之心。那个女演员虽然受到了污辱和惊吓，但听到老二已经自杀，也就不再说什么了，反过来倒来安慰小梅。

小梅万万没有想到二哥是这样的人！她没有哭，连二哥的尸体也不愿去看。一家人正受着莫大的悲苦时，作为她的哥哥，不是怎么想办法支撑这个家，反倒干出这等下贱事！小梅对劝她的那女演员说："他死得活该，他应该去死！他污辱了你，你倒还这样安慰我，你让我怎么感激你呢？"小梅双腿就跪下去。女演员将她扶起，让她快回去料理老二的后事。小梅先是不回去，等到剃头匠家帮着把老二入殓了，来叫小梅，小梅回去竟一下子扑在二哥的棺材上昏倒了。

村人吃惊老二竟想强奸城里人，便指天咒地痛骂张家没有好人，胆大可以包天，什么事都能作出。村长就立马三刻去了乡里，要乡长来处理这一连串的事件，更害怕摄制组的人不会善罢甘休，闹将起来，村人是招架不住的。牛磨子就逢人便讲："天不容坏人呀，为咱村除了一害了！"就书写了状子控告张家兄弟，又拿了状子让摄制组的人签名。摄制组拒绝了。等那副乡长赶来，征求导演和那个女演员的意见时，导演和女演员说既然强奸未遂，企图强奸者又自杀身亡，事情过去了，也就过去了。副乡长就抛开了这些城里人，在村里了解老大买车一事，住在村长和牛磨子家，听他们颠三倒四地浪说，听罢，副乡长就冷笑道："张老大不是很能干吗？怎么弄到了这一塌糊涂的地步！他是脑子太热了，异想天开了！如今他自作自受，也坏了我亲自抓建矿队的心思！"于是作出决定：派人去县城寻找老大，强令返回，若果真以大家的筹款做私人生意，这就要负经济刑事责任；若是将筹款私自快活花销了，就得赔偿一切款额。副乡长走后，村人更以有了靠山，辱骂张、孙两家，两家人只有忍气吞声，日日在泪水里过活。剃头匠一下子衰老了许多，夜夜睡不着：万一老大没了那笔钱，公家要判他的刑，村人要索款，这笔钱从哪儿来？就是两家卖房卖物赔得起，往后的光景又怎么过？剃头匠就后悔当初为什么同意了女儿和老大的这门亲事。奶说："你尽胡思乱想些什么呀，就说老大不是咱的女婿，人在难中，这话也不能说。"剃头匠说："现在咋办，咋办呀？！"两天出去，头发就灰白了。后来，就又从楼上取下那剃头担子，三六九日再往镇上剃头去，一分一文把钱抠得细致。

小梅辞退了给摄制组做饭的差事，不管摄制组的人如何宽容、同情他们一家，但她觉得没脸再见这些城里人，整日守在空空的家里，人痴痴呆呆。

一日，太阳光已经下了台阶，村里人都在吃饭了，小梅还坐在门槛上一动不动。一个黑影长长地伸过来，后来就静静地停在了她的面前，叫一声："小梅！"小梅抬起头来，见是光大，光大双手端着一海碗搅团，瓮声瓮气地说："小梅，这是我奶让端给你的！"小梅说："我不饥，你要吃你吃。"光大不会劝人，就又说："你吃，你吃。"小梅仍不吃，光大放下碗一步一步退走了。一连几天，光大都来送饭，送了饭就无声地走去。这次又要走，小梅说："光大哥，你不要送了。"光大说："那为啥？"小梅说："都是我们家不好，也害得你们家鸡犬不宁的，你要再这般待我，我哪里受用得起？"光大说："小梅，这你不要管，咱两家就是一家。甭说咱俩已经算是定了亲的，即便不是那样，我也不能不管。不论咋样，日子还是要过的。你不吃不喝不出门，那些人更看你家笑话哩，你活得刚刚正正，谁也就不敢欺负你了！"小梅说："这日子可怎么过呀？大哥把家里钱大部分拿走了，剩下的给了牛家老婆子一百五，埋葬二哥又花了三四百，他赌博挣来的那五六百元，是他临死留下来的，我一分也没有动。二哥是有罪的，可他死得太惨，还能记得把钱放好，他死得心里也难过，我要把这钱留下，交给大哥，让大哥知道知道……"小梅说着，泪水又下来，哽咽得说不出话来。光大说："我原先对家里啥事也不管，现在我好像也懂得了许多事。如今大哥不在，二兄弟殁了，我爹和我奶都上了年纪，云云和你又是这样，我就要好好来支撑这两个家呀！我思谋过了，眼下矿挖不成了，我再去打猎，我想一切都会好的。小梅，你要刚强起来呀，你给我点点头，我就放心了，也就不顿顿给你端饭了。"

小梅泪眼看着光大，突然间心里掀起一股热浪，就给他点点头，站起来把光大肩上的草屑捏去，说："光大哥，你真的要去打猎？"光大说："嗯。"小梅说："咱两家正霉气，你去打猎我倒真不放心。"光大说："没事的，小梅，只要我碰上野物，还没逃脱得过的。我干别的不行，打猎却行哩，真的行哩！"小梅就送他出去了。但光大又走了回来，说："小梅，我想你说的话，那都是为我好的。为了出猎保险些，我想要你一点儿东西，你如果给我，我就啥也不怕。"小梅说："啥东西？"光大却喃喃起来，说："这东西听说管用的。真的，这是我听河南那边的猎手说的。"小梅说："到底是啥东西吗？"光大越发嘴笨了，半天才突然说："河南那猎手说，出猎时，如果要避邪，可带上些红，就是那带红的纸，就是你们用的那纸……"小梅明白了，脸也唰地红了，却告诉说她现在没有那东西，想了想说："我给你扎些血吧！"就拿针在自己中指上扎了一下，用一块纸沾了，交给光大。

揣着小梅的血纸，光大胆子壮了许多，几天里果然打得好多野鸡、山羊和狐狸。冬春里皮毛还很好，回来就剥了卖到镇上，落得了一些钱，兴头也更大了。一日，光大提了枪刚刚上到河湾后的半山坡上，就突然发现了一只麝，他大叫了一声："好呀，麝！你又碰上我了！打死一只，还有一只，你害得我们好苦。我今日再打死你，看你还敢成精作怪害我们不？"当下就一枪放过去。

这一枪没有打中，麝扭头就跑，光大穷追不舍。山坡上一前一后地奔跑，山下就有人看见，大叫："山上麝出来了！光大在撵麝了！"牛磨子便说："麝是天物，他光大打死一只，又来一只，越打咱这村越要出灾落难的啊！"村人便思谋这一两年里，日子过得不安宁，恐怕真是这麝在作祟。那么，麝是天虫，代表天意，是能打得完的吗？还是赶麝走了算了。就一齐拿了脸盆、铁筒，敲打喊叫。喊叫声传到山上，麝着实发慌，回头看时，那光大并没有停止脚步，离它越来越近了。一直追到了天峰顶上的古堡，这麝想赶快回到石洞去领儿子逃跑，眼见得山下吼叫，光大追来，就改变了主意，从古堡里又跑出来，往后山跑。光大想，麝要往后山跑，那是下山路，人是跑不过麝的，就忙将药装了，立在那里端枪瞄准。叭的一声，麝跳了一下，一下子未收住脚，从崖上扑下去了。光大也同时仰面倒在地上，血流了一身。

山下的人见麝从高高的崖上扑下来，像在做一种弓形的跳跃，一下子碰在石嘴上，弹起一个弓形，再落在一个石嘴上，再弹起一个弓形，一连串"B"状的画面。麝落在山下成了半块麝了，那一条腿，一颗头，全然没有，充其量只有三四十斤了。山上的光大并没有欢呼狂叫，连他的身影也没有。光小就跑上峰去，见哥哥血淋淋地躺在地上，忙问："怎么啦？"光大说："不知怎么，枪管炸裂了，炸断了我一个指头。那子弹并没打出，麝却吓得从崖上跌下去了。"光小把哥哥背回家中，小梅丢魂落魄地来看时，光大的半截指头已包好了，苦笑着说："小梅，多亏你那红哩，要不，今儿会没了我哩！"

第八章

一

　　张老大确确实实上了当。公安局终于在商州城里把那骗子抓回来了。这人拐引了一个女人住在商州城的一家旅馆里，穿的是黑呢大衣，吃的是银耳罐头。公安人员敲门进去时，他正和那女人睡觉哩。被窝里拉出来，明晃晃的铐子就卡上了。法庭过审，量罪判刑，最后判那罪犯蹲七年班房。但那二万八千元钱，却已被他花去八千元。老大捧着二万元，身如筛糠一般，他不知道怎么个回去，见了村人怎么个说话。逢人打听，就找到县委的马书记，企望这一县之主的父母官能为他撑腰打气，出谋决策。

　　马书记接待了他。问到他的名字后，手指就在脑门上敲，叫道："这事我知道，你们的副乡长打了个报告，还怀疑你是拿了钱去做自己的生意了。"老大说："副乡长怎么能这样怀疑？我这么长时间没回去，家里不知出了什么事的？"马书记就说那个报告很详细，云云的孩子如何得病而死，张老二又如何自杀身亡。老大听了这些，竟忘了自己是在什么地方，哇地老牛般地大哭起来。哭过一阵，擦干了眼泪说："书记，这都怪我，怪我没经验，受了坏人欺骗，对不起村里人！如今我丢了八千元，车又没有买到，这回去如何见人啊？！"马书记又详详细细询问了矿队的事，很是一番同情，当下写了证明，证明老大确实是上当受骗，让村人不必怀疑；同时也告诉老大，以后不要找私人联系买车，待县上有了汽车的指标，第一个就照顾矿队，随时通知他。末了说："这个矿队，我是应该去看看的，既然生产情况不错，就要坚持办下去！"老大走出县委，思谋天下还是有好的领导，心里不免骂了几声副乡长，自个儿踅进一家饭店，花了两元钱要了酒肉，放开肚皮吃喝了，然后搭一辆过路车回村。

车在村前的慢坡处，他就跳了下来。一时立脚不稳，从缓坡往下滚，树杈划破了裤子。他将那破处挽了个疙瘩，摸摸捆在腰间的那一沓钱，一瘸一跛进了村。村里有人发现他了，嘴张得老大发不出话来。他向人家招呼，人家还是愣着，接着就飞奔而去，大喊："老大回来了！老大回来了！"霎时，村中鸡飞狗咬。他心慌了，浑身瘙痒疼痛难忍，明白迎接他的将是一场更可怕的难堪，不觉一阵悲伤、怨恨、委屈，泪水哗哗哗地流下来。他走近河边，掬起刺骨的水洗脸，想克制自己，稳定情绪，却一眼看见了那河滩里，有一堆烧过的灵铺草和摔碎的瓦盆，明白这是为老二送葬时的遗物，悲声叫着："老二，老二！"河对岸的阿黄就旋风一样过来，湿淋淋地在他面前汪汪大叫。老大抱住，问道："老二埋在哪里？阿黄，老二埋在哪里？"阿黄掉头就往坡上跑，老大随后紧跟，来到一个新堆的坟前，他就扑倒在地上了。

云云和奶正在家里纺线，剃头匠跑进门说："老大回来了！"云云的线嘣地断了，急问："人在哪儿？"爹说："我听人说他回来了，快去他家看看吧！"父女二人小跑到老大家，家里没有老大的人影。小梅在给猪剁草，一刀重，一刀轻，人瘦得失了形。听说大哥回来了，小梅说道："必是到二哥坟上去了！"仨人就来到老二坟上。老大悲恸至极，双手捶打着黄土在哭，在号，一会儿哭老二，说父母死后，就留下他们兄弟两个，如今他这当哥的不好，害了这个家，也害了老二。原想使村子富起来，媳妇好找了，他一定要给老二成家的，可老二却干出这种事来，早早地就死了。一会儿他又哭起自己的儿子，怨恨既然这么快死去，为什么就要托生在他名下呢？末了又哭自己，他诉自己的苦难，诉自己的冤枉，骂自己不是好哥哥，不是好丈夫，不是好父亲，可他全是为了这个村啊！假如心能掏出来的话，他就会掏出来让每一个人看的呀！哭声悲天恸地，云云、小梅也皆泪水扑簌。剃头匠本准备好好教训老大一顿的，听了他的一番痛哭，明白了女婿在外受到的苦楚，也怨气消去，悲哀上心，身上阵阵发冷。小梅说："大哥，不要哭了，回吧，这么冷的天，伤坏了身子怎么办呀？"云云就过来拉老大，剃头匠说："让他哭吧，把肚子里的冤枉都吐出来对他好哩，真要窝着，才能伤了身子。"那老大就又哭了一阵，站起来，面对着岳丈扑通一声跪下说："伯，是我连累了云云，也连累了你老人家！"剃头匠不禁泪水涟涟，低头先慢慢回家去了。

云云、小梅拉着老大回到家来，门前却聚了许多人。他们不是来看望、安慰老大的，是来讨要钱款、质问罪行的。当这家空空无人时，他们大声吵闹；这会儿，老大回来了，他们却都噤口不语，且闪开一条路让他过去。

老大招呼大家坐下，拿出烟来让抽。牛磨子就说："老大，你别装模作样！车呢，买的车呢？你逛了这么长时间，到外边大世界快活够了，可我们的钱呢？我们要钱，乡亲们的钱是血汗换来的啊！你回来了，好，你红口白牙给大家说呀！"云云立即回答说："你还让不让人活？他才到家，一口水还没喝。你们是想再抢这个家吗？！"小梅也说："你们都来干啥？来打我哥吗？你们要是有良心，也该明白这矿洞是谁先开的，怎么开的，是谁让大家都去开，是谁把大家组织起来？大家筹了钱，这钱又是靠什么得来的？我大哥为了这个村子，什么亏都吃了，什么罪都受了。出去买汽车还不是为了咱村的矿运交得快，利润回收得大？他去县城受了人家的骗，辛辛苦苦总算把事情结束了，才一到家，你们就来围着，你们忍心吗？你们都回去！回去！"

人们却并不走。后来有三个人低头走到院门外，牛磨子说："这么一说，咱们的钱就没啦！"老大就站起来说："都不要走。你们来了，正好，就是不来，我还要叫大家来的，我是要把这次出外的情况汇报给大家。我知道买车的钱是一家一户分分文文攒起来的，咱们村还穷，谁要把这份钱私吞了，糟蹋了，天地是不会容的！我告诉大家，车暂时没有买到，但县委马书记已经答应，车由县上给咱们拨指标，指标一下来他就通知我们！"

人群里议论开了。牛磨子却说："别听他花言巧语！马书记是什么人，一县之主，我们的父母官！马书记能认得你张老大是谁？你别打肿脸充胖子，糊弄人了！

那我问你，车你买不来，钱呢，钱呢？"人群中也应着要钱。

老大就背过身去，解开了腰带，从腰带里取出一个口袋，高高举着，说："钱在这儿！我张老大有罪的是没有经验，上了坏人的当。那人说能买到车，把钱拿了到处流窜。后来公安局逮捕了他，追回了这笔款！有人说我拿了钱去做私人生意，这里有马书记的证明。如果大家一定要这笔钱，现在就可以退还给大家，咱有账本。小梅，你去叫会计吧。"

小梅把会计叫来，一宗一宗把所筹集的车款退还了。村人拿了钱，再没有说话，就退散回去。最后只剩下牛磨子一人了，老大让他在账本上签了字，说："拿了你的钱，走吧！"牛磨子一张一张，手蘸唾沫点了票子，说："这么一退就完了？我这钱要是存在银行，也不至于就这些吧！"老大说："你是说利息吧？你自个儿算算，看一共有多少利息钱，我可以给你。可我告诉你，这矿要再开下去，矿队的人就要严格审查，你是挖不了的，你那傻儿子怕也不合格的。"牛磨子冷笑着说："你还想办矿队呀？"老大回答："说得对！你算算吧，多少利息呢？"又回头叫道："云云，给沏一杯茶，让他喝了慢慢计算！"云云从屋里出来，没有端什么茶壶，却将一盆污水哗地泼在院子里。牛磨子站起来说："罢了罢了，让你老大占个便宜！"

牛磨子一走，老大一下子软下来，痴痴地坐在那里不能起来。姑嫂两个扶他到炕上睡下，小梅说："哥，这么说，那钱没损失一点？"老大说："失了八千。我是把咱两家的钱，还有矿队的那一笔积累垫在里边了。我想，矿队的钱咱不能动，咱那辆拖拉机在矿队运矿，用一次付一次出车费，以后就折价归矿队吧。剩下欠的钱，我再想办法，很快给集体还清。"云云和小梅听了，眼泪就止不住地掉了下来。老大说："只要矿再挖起来，钱又会回来的嘛。不要哭，不要哭。"说着自己却也哭了起来。

二

老大决心要把受到的损失补回来。但当他准备领着矿队重新开工的时候，百分之八十的人都不干了，无论如何动员，回答是："算了，咱是穷命，享不得锑矿的福哩！"

老大愁得嘴噘脸吊，夜里提了一瓶酒去和导演喝，将一肚子冤枉苦楚倒给导演听。导演说："我也在琢磨村里这事哩。你为全村的事情操了多少心，费了多少神，终了还是失败一场。我这部影片也正要在这方面提出个思考的问题。"老大说："依你说，这矿队就让完蛋算了？"导演说："怎么能算了？我的意思是矿还要挖，但往后就要多注意怎样使村人自己认识自己，自己坚强自己。当然，这不是你一个人能力所及的，也不是一天两天就可以达到的。你们这个地方太偏僻，太落后。就说穷吧，穷了还不知道为什么穷的，靠什么来富。这样，就是真的富了，那也会导致为富不仁啊！"老大直点头，深感导演想得深，看得远，比自己高明，就讨问往后他该怎么办。导演详细问了他在县城发生的事，就说："这里的人说老实也老实，说野蛮也野蛮，说灵灵得如狐子一样，说蠢也确实掂不出轻重。正因为这样，他们迷信，迷信神鬼，也迷信上边的大官。现在要把他们组织起来，一方面慢慢改变这些秉性，一方面还得利用这些毛病，因势利导。既然县委马书记支持矿队，你何不给他写一信，汇报这里的情况，让他来一趟，说不定事情会好起来。"老大突然眼里放光，叫道："这话使得！只有马书记来了，村人会听他的，就是乡长、副乡长他们也不敢怎样。等把汽车买下来，我要搞专业采矿队，像外地厂矿一样，培训技术人员，建立规章制度。这矿虽然国家看不上开采，可我们一个村开采，也足够开他几十年、上百年的！"导演说："好，这设想好，到时候我再来拍电影，就专拍你们这矿队！"俩人话说得投机，一瓶酒就喝个精光。老大还要回家去取，导演说明日还要工作，不敢再喝了。老大问电影拍摄了多少了，导演说："河畔再拍三场戏，古堡再拍两场，最后到烛台峰道观一场，我们就该收兵回营了！拍最后一场戏，你协助我一下，让村人都当群众演员，一定给你上个镜头哩！"老大笑了笑说："行哟，拍好了片子，得一定先在我们这儿放映第一场呀！"说完就东倒西歪朝黑夜里去了。

五天后，一辆北京吉普开到了村前河畔，车上下来了正乡长和副乡长，两个乡长之间是一个矮矮胖胖的人。老大立即认出这是县委马书记，迎上去握手。

书记的到来，轰动了整个村子。村子里自古以来，还没有任何乡以上的领导来过，人全围着看。书记的眼光一瞅到谁，谁就木木地笑。书记才一转身，喊喊喳喳就评头论足，说书记头大，口大，前额饱满，是天生的官相。书记于河滩召开了村人大会，要求把矿继续挖下去，矿队依旧由村长和老大负责。并说关于运输车辆一事，县上新到了几辆车，决定拨给这里一辆，车钱一时拿不出，由县上出面担保到银行贷款。书记的话毕竟是有权威的，原矿队的人就又上马了。老大连夜派人点灯清理矿洞，检查修复支架。天一明，他就和两名助手装了矿石往县上去了。

老大一走，牛磨子就在村里放风说："矿山是国家的矿山，开矿是马书记让咱开的，咱听书记的，好好为马书记干吧！"又去鼓励村长，让村长领头上山去好好热闹一下，说："如今书记让你来领头，这村子吉兆要来了！虽出过麝，出过老二那角色，可咱这地方毕竟是好，亏烛台峰上有个道观，有棵九仙树，咱何不请了鬼子班吹吹打打，给山上诸神送送'纸火'呢？"村长便听了牛磨子的话，当天早上就组织做"纸火"，又去湖北那边请了鬼子班。

每年四月二十八日，道观上过庙会，这"纸火"是要送的。如今突然送"纸火"，仅局限这个村子，就以各色纸糊成丈八、二丈高的纸吊，高高用竹竿挑了，敲锣打鼓送上山去，献给道观的各个神位，后烧化在九仙树下。牛磨子的主意很合村人心境，灾灾难难好长时间了，如今否极泰来，是应该祭祀山上神仙啊！村人虽平日吝啬，为了一分一文吵架斗殴，但对于祭神拜仙，却显得大方异常。当时，集体买纸回来，各家便去交钱，会做纸人的洗净了双手，烧过了高香，就施展各自手艺。这一家做一个"八仙过海"的纸牌楼，那两家做一个"福禄寿"旋转塔。飞禽走兽、<u>鱼虫花草</u>，神仙鬼怪，君臣百姓，全用金箔银箔做就，构思浪漫，造型生动。剃头匠也买了二十张纸拿回家来，热心制作。云云说："爹，别人干这，你也干，你好没头脑！"剃头匠问："为啥？"云云说："他们这么热闹，还不是全冲着老大来的！人都势利，眼窝长在额颅上。老大为这个村落得家破人亡，倒没人说他好；马书记什么苦也不吃，坐了车来说一两句话，就看作为村里降了福了！你送那'纸火'干啥？省了钱不如买几斤盐吃吃！"奶就说："这是给神献的，怎么不该？早就这样，老大也不会受那些个罪！"剃头匠也说："再说，真能以后样样事情顺了，咱们也盼不得的！"剃头匠却没有高超的手艺，他不会做那一套古戏古传说中的人物，就做了偌大的两个塔山形状，上面贴了剪成三角形的锡纸，说是送神的金山银山。

时辰到了正午，鬼子班在河畔咚咚咚放了三个大纸炮，锣鼓、唢呐就吹打起来，立时从村里走出一群一群人，每一群人领头的挑着"纸火"，"纸火"集中在一起了，拢共十二个，以黄为主，红绿白相衬，十分耀眼。村中人如蜂拥，竞相围观，评论"纸火"高低优劣。导演就让摄影师架好机器拍摄，直道："有意思，有意思，这地方还兴这一套，拍下来，咱片子里完全可以用的！"

打"纸火"的人见导演和摄影师在拍照，越发得意。鬼子班的人一边拿眼睛瞅着镜头，一边吹得脖子和腮帮一般粗。急得导演直喊："不要向这边瞅！"在一旁的小梅也看热了，于人群里拉过了光大，说："你也去那边，让摄影师照照你！"光大扭捏作态："我这模样，丢人哩！"小梅说："我昨日才给你换洗的衣服，今日又脏成这样？快回去换了去！"导演耳朵里传来了小梅的声音，忙说："光大，不要换，那衣服正好哩。你去拿枪在那里朝空放几下，我让拍你！"光大说："放枪不好，我家有三眼铳哩，过年才放的。"导演说："那你快回去取来！"光大飞脚回去，取了三眼铳，装了火药，站在打

"纸火"的人中，用力一踩，三眼铳下的尖刃叉子扎在地上，略略拉斜了，用火绳去点，叭！叭！叭！三声巨响，震耳欲聋。

队伍上山，先是打"纸火"的人，再是鬼子班，再是锣鼓，再是长者、小伙、娃娃。妇女是不能送"纸火"的，可以随队伍到山上立于古堡洞之外。阿黄、"爱爱"也率领了村中所有的同类，从各个岔道往上跑，大声吠叫。道观的道长得知山下要送"纸火"，也领了小道，新衣鲜袍，分站在古堡门洞前迎接。那"纸火"就在上香之后，分放在九仙树下。按照规定，"纸火"要在九仙树下供五天，方可烧化。锣鼓唢呐又一阵闹天闹地之后，村人下山各回家中去吃一种送"纸火"时要吃的八宝麻食饭。

三

老大运交矿石回来，听说村人送"纸火"的事，也无多少反对之辞，倒暗暗庆幸这样一来，兴许会促进采矿的顺利进行。他就找着村长，让他多经管矿洞的施工，自己则每隔两天去一趟县城，运交以前积压的矿石。给他做助手的俩人，天不明起身，夜半回来，四天之后，便累得叫苦不迭，请求歇息。老大看着这俩人支持不住，就放了他们假，又重换了俩人帮他装车卸车。这日鸡叫三遍，他叫醒云云，让去做饭。云云说："你也该歇下了，连跑这么多天，是铁打的也耐不住了！今儿不会免一天吗？"

老大说："尽说傻话！原先的矿没运完，新的已经挖出来，这能歇吗？几时汽车回来了，雇上了司机，我就好好睡呀，睡他个十天半月不苏醒！"说完，就去喊那两个助手一块去装车。

云云爬起来做饭，饭熟了去叫老大来吃。那柜上的煤油灯却忽地灭了。云云问："外边起风了？"老大说："没的。"云云脸色陡变，说："那你上炕去睡吧，今日不要出车了。"老大说："饭都吃了，不出车？"云云说："这灯好好的，怎么就灭了？出门怕不吉利。"老

210

大笑了一下，披了衣服就要出门，说："你这个迷信媳妇！"边说边笑着走了。老大一走，云云也为自己的迷信笑了一下，但心里总不踏实，从笼里取了两个馍馍，用手巾包了，赶到装车点。那助手就打趣："哟，云云在家还没亲热够呀！"云云唾一口，就把馍吊在拖拉机座椅背上说："路上开慢点呀！"老大说："没事，死不了的！"助手就说："云云，你要真心对老大好，你就快给他养个娃娃出来！"云云骂道："贫嘴！"自己倒忍不住红了脸。老大发动了拖拉机，两个助手坐上去，嘟嘟嘟就开走了。

刚到河湾，牛磨子的"媳妇姐"抱了个大包袱要搭车，说是捎她到龙王沟口，回娘家去，可以省出五十里路的。老大说："不行的呀，矿石装了这么多，又坐了两个人，再捎人就不安全了。""媳妇姐"就说："你们坐了就安全？是不是我爹和你怄气，你不捎我呀？"老大说："我气量那么小？再说你爹是你爹，你是你！你硬要坐，你就坐吧。"拖拉机走了四十里，开始爬一面大坡，吭吭吭半天爬上顶，又是七拐八拐下坡，老大手脚并用，一刻不敢放松。那助手就坐在后边矿石上不停地点烟，塞在老大的嘴上。好不容易下了坡，又走了一段，快要到龙王沟口了，那里是一条砭道。砭道上的崖角垮下了一堆石头，老大倒拧转了机头，绕着乱石往过开，但是，拖拉机的外轮太靠边了，石旁的基堰经受不起压力，哗的一声垮了，拖拉机忽地翘起来，倏忽之间就翻了下去。

事故发生得如此突然，一阵晕天晕地之后，深深的峡谷里死一般寂静。不知过了多长时间，老大觉得浑身疼痛，睁开眼来，自己是睡在沙窝里。他的身边，是一堆废铁疙瘩似的手扶拖拉机，而机箱则断裂成几块窝在另一边。他猛地想起是拖拉机翻了，赶紧爬起来，觉得脸上湿漉漉的，一抹一手血。又连声呼叫两个助手和"媳妇姐"，无人反应。再过去看时，"媳妇姐"在砭道垮下的乱石堆里，头颅已开裂。那爱说笑的助手头部好好的，胸部以下却压在拖拉机下，口鼻流着血，血已经凝固了。只有另一个助手，木呆呆地坐在外边沙滩上，他一点伤也没有，却吓痴了。老大叫他，他拔脚就跑，停也不停。老大知道他是惊疯了，自己又一次昏倒在沙滩上。

事故震惊了村人，也惊动了乡上、县上。两个乡长又来到了××村，陪同的却是公安局的人，查看现场，处理后事。牛磨子哭哭啼啼，睡在老大的家里不起，要求赔偿人命，后来就蹦出蹦进，要在张家门框上吊肉帘子。小梅、云云忙去夺他手里的绳。老大说："让他上吊吧，我今世还没看见过人上吊哩！把凳子拿来，咱看着他上吊！"牛磨子却哇地哭叫着又去给两个乡长和公安局的人磕头作揖，请求他们严惩凶手，为民做主，以老大的一条命抵死去的两条命。

老大被逮捕了。

经过调查，法院审理，最后没有以命还命，却判刑三年。

很快，县人民法院的宣判布告贴到了全县各地。这乡派出所的人多拿了一大卷到××村，村长就在村里四处张贴，石壁上，矿洞口，摄制组的院墙上，甚至烛台峰道观里，古堡门洞上，都贴上了。每一张布告的下边，是赫然的手写体的法院院长的大名，大名上方，是一枚鲜红的县人民法院的印章。村人全拥去观看，有人大声朗读。

云云奶的病加重了，坐在门口，一看见那里有两三个人一起，就疑心在指说他们，说："那又在外派咱了！谁要敢把我老大怎么样了，我不会饶他，我去阎王爷那儿告状，阎王爷我是能认得的。"云云就把她扶进屋，不让她说三道四。剃头匠从门外灰不沓沓走进来，坐在灶口处吃烟，吃过了半天，说："布告贴出来了！"小梅说："上面怎么写的？"剃头匠说："判了三年。"小梅起身就往外走。剃头匠拉住说："小梅，不要出去，村里人都在那里看布告，你……"小梅还是挣脱出去。才到村口，就看见一张布告下，许多人在争抢着什么，竟将布告撕烂了，随即就见一孩子急急跑来，手里扬着什么大叫："我得到了，我得到了！"

小梅甚觉奇怪，挡住问："那儿抢什么？"

孩子说："抢那红戳戳哩！"手一扬，手心里果然

214

有一片从布告上挖下的红印章纸。

小梅说："挖那干啥？"

孩子说："人都说这红戳戳避邪哩，挖了带在身上，神鬼不撞，无灾无难。布告上全挖得有洞，你也快去挖一个吧！"

小梅叫了一声"大哥"，就靠在了一棵小树上，树在哗哗地抖，叶子就落雨一般地掉下来。

四

摄制组完成了最后一个镜头，他们收拾着行李，要离开村子了。导演十分满意自己的这部片子，他自信这部影片放映之后，必会引起社会的反响。他从内心深处要感谢这块地方，但也从内心深处痛恨着这个地方。这三省交界的××村，提供了这部影片的景物，更使他的人生观得到了进一步深化甚至改变。现在，他要走了，或许以后他还会再来，或许今生今世就永远从这块地方走掉了。他在心里说：我会记着这个地方的，永远记着这个地方！他就把摄影师叫来，想在影片完成之后，再一次单独将这个地方的自然景象拍摄下来，作为一种记录，一种往后帮助记忆的资料。摄影师满口应允，他也早存此念。于是两个人带了摄影机拍摄了这里的四座大山，山上的古堡；拍摄了零乱分散的村庄；也拍摄了村庄里一些人物的嘴脸，甚至那些狗、鸡、猪、羊；又到了锑矿洞里，拍下了挖矿的人，挖出的矿，以及那贴在矿洞口已经被人挖去了红印章的布告。镜头久久地落在布告上打了红道的"张老大"三个字上，给了一个特写。最后，就上到对面山坡上，将摄影机对准了烛台峰，可以清清楚楚看得见了那完整无缺的古堡，那古堡里的道观，那道观里的九仙树，那树旁走动如豆粒的老道、小道。

但是，就在这个时候，天变了。先是西边天空烧起一片红云，云红得如血，霎时消去。从湖北、河南境界的上空席卷而来一片乌云。那乌云奇形怪状，变化莫测，极快地覆盖在四座山峰的顶上，就凝固了一般一动不动。满天的苍鹰、乌鸦纸片似的乱飞，后来就没踪没影。导演甚觉惊奇，听山谷里一片死寂，就说："不好，怕要有大风暴了！"就收拾了摄影机，和摄影师下了山坡钻进山根下一个早先挖过矿的废洞里。果然风从天峰、地峰、人峰之间冲起，呼呼如有潮起，一切草木伏地，但烛台峰安静如故。风刮过半个小时，天越来越暗，突然嘎喇喇一声巨响，似乎天崩一般，就见乌云炸开，一个发红的树根状的东西出现在天空，接着一个红红的如太阳一样的火球滚下来，直落在烛台峰的古堡角上，轰然一声，古堡坍下一角，乱石腾空；又是一个如太阳一样的火球从云中滚下，砸在天峰古堡上，轰然一声，草木就燃了起来。清清楚楚地看见一个小道从后山挑了水，才进了道观院中，一个火球追逐而去。小道扔掉了水担，逃往殿去。火球就从大殿门里钻进去，立即烟火腾飞，那火又漫卷出古堡，将山峰的树木引燃。山上一哇声地哭喊，山下也一哇声地哭喊，老道和两个小道疯了一般地往山下跑，山下有人开始往山上跑，但山路已吞没在火海之中。于是一切梢林很快烟火弥漫，烛台峰失去了存在。火沿着沟道又往天峰山上燃去，天峰山上的火又燃下来，两峰火会合一起，只听见一片轰隆声、噼啪声。那些树木先是通身起焰，焰在空中飞飘，像是一面面旗子，接着树枝坠下，发出巨大的咔嚓声，随着整个木桩倒下，飞弹出无数的火球火花。导演和摄影师被这突如其来的天雷轰击惊得目瞪口呆，以前只听说过太白山发生这种现象，没料到这儿也会有！天雷结束后，并没有暴雨下降，风也停息了，空中又乌云顿消。导演和摄影师跑下坡来，见村人全拿了铁镬、水盆、木桶站在峰下，但火势太大了，谁也不能上山；而山上的热浪又把他们一直推赶到了河边。

导演和摄影师又架起了摄影机，拍摄了这满山的大火。

直到天黑了，火还没有烧完。村人皆没有去睡，一直眼巴巴看着那火。也就在半夜，当烛台峰的火势慢慢熄下去，那古堡里，火势则大旺。火光中，突然有数声嘶叫，便见一个什么走兽在那古堡墙头上跑动。山下人立即看见了，叫道："是麝！又是一只麝！"

这只麝在火光中叫着，跑动着，后来就不见了。火还在红红地烧。

三天后，天下起了一场大雨，烛台峰和天峰瘦了许多，一片焦炭似的。那古堡除了坍倒了一个角外，却依然存在，越发显得黝黑，几只鹰鹞飞落在顶上，一点也辨不出颜色了。

矿洞里，采矿的人一边挖矿，一边谈论着这场火灾。中午时分，河畔的路上开来了一辆崭新的卡车，一个尖锐声音传来："车来了！县上拨给咱们的汽车来了！"矿洞的人都拥下河湾去，矿洞口呆呆地站立着四个人：一个光大，一个光小，一个云云，一个小梅。他们没有下去看车，却还望着烧得黑秃秃的烛台峰和天峰。光大已经说过好几十遍了，还在说："那火真大。"

小梅说："大火。"

光小说："那只麝是活着还是死了？"

光大说："是死了。或者是活着。"

云云并不听他们的，眼看着河湾里村人在围着新汽车欢叫，就说："新车真的来了？！"

小梅说："这就好了，村子要富了。"

光小就说："要把这消息给大哥说一声呢，明日我就到县劳改场去。"

光大说："不要去。他知道了会伤心的！"

光小说："不会吧，大哥不是一心想着有这辆新汽车吗？"

云云就叹了一口气，说："唉，他真可怜，这阵儿车有了，村人却把什么都忘了。"

小梅却咬着牙说："忘不了的。到时候是会记得的。"

云云问："能记得吗？"

小梅说："能的。"说过了，又说了一遍，"能的。"

中国作家的天下意识 *

* 本文原载《光明日报》2013年9月23日第5版。

天之高在于它有日月星辰，地之厚在于它能藏污纳垢，在天与地之间，充满着诸神、草木、动物，人也在其之中。这是老生常谈的话吧，但在这些年里，我才体会到了它对我的重要。因为每天的新闻包围着我，国际的国内的，太多的冲突和动荡，太多的病疫和灾难，刺激着，威逼着，使我紧张而惶恐，面对着写作，茫然、挣扎，甚至常常怀疑写作的意义。正如人人都知道人最后是要死的，却仍是先活着。几十年前我选择了写作，几十年后写作选择了我，那么，现在怎样去写作呢？

我看过这样一句话：这是一个最好的时代，也是一个最坏的时代。我认可它的判断。从世界看中国，从中国看世界，人类是出现了困境。如果说战争、动乱、猜忌、威胁，都是因经济衰退、环境污染、能源匮乏、价值观混乱造成的，而究其根本，文化的认同和对抗仍是主要的原因。人类困境的突围，到了了解不同文化，尊重不同文化，包容不同文化的必经之路。这是政治家们的事，知识分子精英的事，同样，也是文学艺术的事。文化越是需要认同，文学艺术越是需要表现自己文化的独特。文学艺术正是表现了自己文化的特性，混乱的价值观才能有明晰走向，逐步共存或统一。

中国的改革在深化着，社会进入了大的转型期，以我的感受，我们从未感受到如此的富裕，也从未有过如此的焦虑。一方面是人产生着巨大的创造力，一方面人性的恶也集中爆发。所以社会有了诸多的矛盾。比如贫富差距，分配不公，腐败泛滥，诚信丧失，这些矛盾可以说是社会的问题，信仰的问题，法治的问题，也更是文化的问题。在中国文化的背景下所发生的诸多的国情世情民情，这是需要我们认真思考的。中国为什么要改革，社会之所以大转型，中国正是在走向人类进步的过程中逐步解决着这些矛盾，而完成着中国的经验。

中国的作家艺术家，从来都有它传统的文人精神，这就是天下意识，担当意识。古时的张载有一段话对后世影响深远，那就是"为天地立心，为生民立命，为往圣继绝学，为万世开太平"。那么在当今，关注社会，关注现实那是必然的也是必须的。中国国土这么大，人口这么多，既有东南之繁荣，又有西北之落后，我们常听到由衷的盛世之说，也常看到惊心的危机之相。我们在获得了相当多东西的时候，也失去了相当多的东西。我们在兴奋地欢呼，同时在悲痛哭泣。作家艺术家生存于这个时代，这个时代就决定了我们的品种和命运，只有去记录去表达这个时代。以我个人而言，我想，我虽能关注、观察身处的这个社会，我不是大闹天宫的孙悟空，我开不了药方，我难以成为英雄，我也写不出史诗，我仅能尽力地以史的笔法去写普通人的生存状态和精神状态，自然地使他们在庸常而烦恼的生活中生出梦想的翅膀。

在中国的历史上曾经有一个魏晋，那个魏晋洋溢着智慧，充满着哲学思辨和美学思维，其文学、绘画、书法、音乐在精神层次上张扬着生命意识。但是，魏晋却是一个政治高压的社会，一个处于内乱外患，王朝更替转换瞬息万变的社会。魏晋给今天的我们有什么启示呢？我觉得，它的启示在于我们在当今的时代里如何把持自己的风度。前不久，有人给我写了一个书法条幅，是："位我上者灿烂星空，道德律令在我胸中。"我觉得非常好，体会到一方面，在这个社会，为人得有大的忧患大的悲悯，一方面，为文为艺得有大精神大风度。风号大树中天立，昂首向天鱼亦龙。文学艺术它应乎天而时行，但不是应声虫，它如燃起的柴火升腾光焰，而不是仅冒黑烟，它文明而刚健，茁壮生长，使社会元亨，同时自身也元亨。中国在人类进步的过程中提供了一份中国的经验，中国的文学艺术也应会提供一份中国文学的经验。

以文学的、艺术的形式去表达这个时代，在表达中完美文学艺术在这个时代的坚挺和伟大，是我们的良知和责任，虽然目下的文学艺术被娱乐和消费所侵蚀、边缘化。但是，我们相信，文学艺术依然还顽强，依然还神圣。

贾平凹小传

姓贾，名平凹，无字无号；娘呼"平娃"，理想于顺通；我写"平凹"，正视于崎岖。一字之改，音同形异，两代人心境可见也。

生于一九五三年二月二十一日。孕胎期娘并未梦星月入怀，生产时亦没有祥云罩屋。幼年外祖母从不讲甚神话，少年更不得家庭艺术熏陶。祖宗三代平民百姓，我辈哪能显发达贵？

原籍陕西丹凤，实为深谷野洼；五谷都长而不丰，山高水长却清秀，离家十年，季季归里；因无"衣锦还乡"之欲，便没"无颜见江东父老"之愧。

先读书，后务农，又读书，再弄文学；苦于心实，不能仕途，拙于言辞，难会经济；捉笔涂墨，纯属滥竽充数。

若问出版的那几本小书，皆是速朽玩意儿，哪敢在此列出名目呢？

如此而已。